KB130783

신은 먼 존재가 아니라, 친구이자 동료이자 가족이었다

우리는 신을 가까이 마주해야 할 필요가 있었다

도서출판 청어

작가의 말

본 글을 읽기에 앞서, 이 글을 쓰게 된 계기를 말하고자 합니다.

걷다 보면 언제나 마주치는 이들이 있습니다. 바로 손수레를 끌며 폐지를 줍는 노인분들입니다. 매번 볼 때마다, 속으로 드는 생각은 단순한 연민이나 동정이 아니었습니다. 그보다는, "저분들도 열심히 살고 있으니 나도 더 열심히 살아야겠다."라는 희망과 나 자신의 각성이었습니다. 그리고 그분들의 손수레에 손을 얹으며 도와주겠다고 말했지만, 매번 거절당했습니다. 처음엔 의아했습니다. 비교적 젊은 내가 도와드리려는데, 왜 마다하는 걸까? 무더운 날이나 추운 날에도 그랬습니다. 답을 찾지 못한 저는 결국, 자기 자신을 지키려는 자존감이나 열등감에서 그러는가 싶었습니다.

적어도 어느 노파에게 들은 그 말을 듣기 전까지.

"깨끗한 옷에 때 묻어 아가."

그 말에 저는 부끄러움을 느꼈을지도 모릅니다. 자존감이나 열등감 따위가 아닌 남에게 피해를 주지 않으려는 배려와 주어진 일을 성실하게 해내기 위한 노력이 느껴졌기 때문입니다. 비록, 그 길이 거칠고 힘들더라도 말입니다.

저는 그들의 세상을 마주하기에 차원이 달랐고, 그릇조차 볼품없었습니다.

그리고 문득, 깨달았습니다. 요즘 내 일상에는 남을 위한 이타적인 행동이 전혀 없었다는 것을. 배려라고 말하지만, 언제나 나 자신의 편의를 숨긴 채, 그것을 배려라고 속였습니다. 그들이 방해되기도 하고, 어쩌면 도움이 안 될게 뻔하니까. 심지어 믿음조차 없었습니다. 하지만 그 노파는 달랐습니다. 도움을 받을 수 있음에도, 더 편한 길을 알면서도, 역할에 충실하기 위해 마다했습니다. 그 모습은 감동적일 만큼 따뜻했고, 다정했으며 저에게 인류애를 일깨워주었습니다.

그날 이후, 폐지를 줍는 이웃들을 만날 때마다, 저는 일부러 도와주지 않았습니다. 대신, 웃는 얼굴로 가볍게 인사만 건넸습니다. 제 인사를 받은 분들 또한 해맑은 웃음으로 답해주고는 했습니다. 가끔은 자잘한 이야기를 나누었고, 어떤 날은 사탕을 받기도 했습니다.

그러한 날들을 맞이하면 기분 좋게 하루를 시작하였으며, 그때마다 어렴풋이 느꼈던 감정이 있지만, 말로 표현하기 어렵습니다. 하지만 분명한 건, 감동적이고 따뜻했다는 것입니다.

그래서 저는 결심했습니다. 미지근하더라도 좋으니 행복을 전할 수 있는 사람이 되겠다고. 내가 경험한 감동적인 순간들을 다른 이들에게도 전하고 싶다고. 무료한 삶을 살아가는 이들에게 잠깐이나마 내 마음이 닿고, 머물 수 있다면 좋겠습니다.

그런 의미에서 이 책은 저에게 있어서 디딤돌이자 도약입니다.

누구에게나 역할이 있고, 각자의 방식이 존재하니까.

차례

죽은 자는 대답이 없다

할머니의 사랑은 얼음과도 같았다.

너무나 투명해서 눈치채기 힘들었고, 알아차릴 즘은 이미 녹아 모습조차 보이지 않았다.

할머니가 돌아가셨다.

할머니는 몇 년간 병실에 누워 고통받으며 불쌍하게 돌아가셨다.

할머니가 살아 계실 때, 주변 이웃들은 "살아 계실 때 잘해드려야 한다." "돌아가시면 후회한다." 등 나에게 잔소리처럼 설교했다. 그런 말을 들을 때면 항상 고개만 끄덕였다. 듣는 척 모습은 보여야 하니까. 그런 말들을 이해하지 못할 나이는 아니었다. 그저, 누워만 계시는 할머니에게 아무것도 해드릴 것이 없었다. 이 참혹한 현실 앞에 나는 무능력했다.

물론 힘없는 나를 부정하고, 외면해보던 시기도 있었지만, 끝내 깨달았다. 죽음을 부정한다고 해도 그것은 헛된 짓이고, 시간 낭비에 불과하다는 것을. 나는 그저 덩그러니 놓인 현실을 직시하며 살기 바빴다.

또 할머니의 입원비는 생각보다 만만치 않았다. 비록 내가 직접 내는 것은 없었지만, 그들이 매달 낸다고 생각하면 아마 저런 설교는 못 할 것이다. 나는 그들의 잔소리가 오만해 보였다.

할머니가 살아 계실 때, 모습은 '살아있다'기보다는 '숨만 붙어있다'에 가까웠다. 그 모습은 너무나 비참해 보였다. 그래서 나는 할머니가 하루라도 일찍 돌아가시는 편이 할머니를 위해서라도 좋겠다고 생각했다. 할머니가 연명하는 것은 결국에 산 사람의 욕심이었으니까. 전혀 할머니를 위한 일이 아니라고 생각했다. 그렇다고 죽음을 무력하게 지켜보자는 뜻은 아니다. 나는 그냥 모든 선택이 안타까웠다.

할머니가 돌아가신 지금, 평소 귀담아듣지 않았던 말들

이 머릿속을 맴돌았다. 나 또한 살아있는 사람으로서 지나친 욕심을 부리고 싶었을지도 모른다. 할머니의 숨결에 감사하지 못한 나 자신을 원망하며, 결국엔 깊은 후회와 자책에 빠졌다. 그것은 자해에 가까웠다.

아르바이트를 하던 중, 고모로부터 할머니가 돌아가셨다는 소식을 전해 들었다. 마음속 깊은 곳에서 미세한 떨림이 있었지만, 극심한 충격은 아니었다. 이미 예견되었고, 어쩌면 계획된 죽음이었으니까. 슬픔은 있었지만, 피할 수 없는 현실 앞에서는 감정을 추스르고 직접 마주해야 했다. 일단 가게 사장님께 사정을 설명하고, 퇴근 후 바로 장례식장으로 향했다. 물론, 그 전에 집에 들러 준비할 것들이 있었다.

먼저 집에 도착해 장롱 속에 박혀있는 양복을 확인했다. 성인이 된 후, 멋을 부리고자 홧김에 구매했던 그 양복은 이제 거의 골동품이나 다름없었다. 5년 만에 다시 마주한 양복은 시간의 흔적을 보여주었지만, 조금만 다듬으면 충분히 입을 수 있을 것 같았다. 나는 먼지를 털기 위해 옷을 가지고 밖으로 나왔다.

양복의 어깨 부분을 잡고 힘껏 털기 시작했다. 마치 이불을 터는듯한 소리가 울려 퍼졌다. 그리고 다시 한번 털려고 하는 순간, 갑자기 어깨에 날카로운 물체로 찌르는 듯한 통증이 느껴졌다. 나도 모르게 '아'하고 입을 벌렸지만, 소리는 내지 않았다. 잠시 어깨를 움켜쥐고 서서, 운동 부족을 새삼 느꼈다. 양복 터는 일을 잠깐 멈추니 내 주변으로 침묵과 어둠이 뚜렷하게 느껴지기 시작했다. 동시에 인기척이 느껴지는 듯해 주변을 둘러보았지만, 역시 아무도 없었다. 다시 털기 위해 시선을 돌리자, 수많은 먼지가 내 눈앞을 휘감았다. 손으로 입을 가리려 했지만, 양복을 잡고 있던 두 손은 이미 더러워져 있었다. 심지어 갑작스러운 바람에 먼지는 살짝 열려있던 문틈으로 기어들어갔다. 그 모습은 마치 작은 벌레 같았다. 돌발 상황에 나는 '제발'이라고 말하며 다급하게 입과 현관문을 닫았다. 오늘따라 일이 생각처럼 되지 않았다.

소동이 끝나고, 다시 양복을 털었다. 조금 전 그 수많은 먼지를 누군가가 들이마시겠다는 생각이 들었지만, 그것도 잠시, 내가 신경 쓸 문제는 아니었다.

어느 정도 털고 나서 양복 상태를 살폈지만, 먼지가 아직 많아 보였다. 그렇지만, 더 이상 시간을 지체할 순 없었다. 대충 물로 씻겨야겠다는 생각을 가지고 집으로 들어왔다.

양복에 물과 세제를 묻혀 대충 정리한 후, 상의를 걸쳐 보았지만, 어깨는커녕 팔도 억지로 껴들어 갔다. 다시 한번 세월의 변화를 몸으로 느꼈다. 어쩔 수 없이 급한 대로 사 입어야겠다고 생각하는 찰나, 고모에게서 전화가 왔다.

"태규야 어디니?"

"지금 집입니다. 옷만 입고 바로 나가려고요."

"양복은 있니?"

나는 할 말을 잃었다. 있기는 하다고 말하고 싶었지만, 말장난은 어울리지 않았다. 다시 고모가 말했다.

"없으면 여기서 빌려 입으면 되니까. 빨리 오렴."

"아… 네."

장례식장에서 양복을 대여해 준다는 것은 오늘 처음 아는 사실이었다. 전화를 끊고, 곧바로 나가려는 참, 내 팔에 껴있던 양복이 눈에 들어왔다. 나는 양복에 말을 건넸다.

"너도 처지가 딱하구나. 나랑 같이 가자."

아무래도 가는 길에 있는 헌옷수거함에 버리는 게 좋다는 생각이 들었다. 힘겨운 내 노력이 아까웠지만, 할머니를 생각하니 더 이상 놀아줄 시간은 없었다.

나는 택시를 불러서 바로 장례식장으로 향했다. 택시 기사님은 나를 달갑게 맞아주셨지만, 목적지를 듣자 얼굴이 굳어졌다. 나는 '괜찮습니다.'라고 말하고 싶었지만, 그럴 필요는 없었다. 라디오 대신 덜덜거리는 엔진 소리와 딸깍딸깍 반복되는 방향지시등의 소리가 들려왔다. 기사 아저씨와 묵직한 침묵이 어색했지만, 나름의 배려라고 느껴졌다. 하지만 그 배려는 껄끄러운 느낌이 강했다. 덕분에 차 안은 더욱 고요했다. 그래서 그런지 평소엔 잘 듣지도 않던 소리가 갑작스레 나에게 다가왔다.

목적지에 도착해 감사 인사를 전하며 택시에서 내렸다. 내 눈앞에 마주한 장례식장 건물을 바라보며, 잠시 과거를 회상했지만, 쓸데없는 생각에 고개를 저었다. 확실한 건 반갑지는 않았다.

아버지와 고모들은 이미 많이 우셨는지 더 이상 소리 내 울지 않으셨다. 하지만 눈망울에 맺힌 눈물은 숨길 수 없는 듯 보였다. 그러나 나는 울지 않았다. 아니, 눈물이 나지 않았다고 말하는 게 맞았다. 나는 과거에 미리 많이 울어두었으니까. 고모들은 이런 나의 모습을 보고 눈물도 없는 무정한 자식으로 볼지도 모른다. 그렇지만, 소중한 사람을 잃은 아픔은 남을 신경 쓸 여유 따위 없었다. 누구나 어머니의 죽음은 처음이니까. 그 처음은 굳게 다짐했던 우리의 마음을 연약하게 만들었다. 하지만 나는 할머니의 죽음이 처음이 아니었다. 이미 내 추억 속에 할머니는 돌아가셨으니. 오늘은 그저 실재했던 할머니가 돌아가셨다.

오늘 이 장례는 세상에 남아있던 할머니의 존재를 부정해버린다.

그것이 완전한 죽음의 대가였다. 모두가 예견한 일이지만. 슬픔에 빠져 나약해졌다.

할머니 영정 앞에서, 나는 속에서부터 치미는 매스꺼움과 설명할 수 없는 통증을 느꼈다. 그리고 입안에서는 이상한 쓴맛도 나는 듯했다. 그런데도 나는 지금 이 자리를 지키기 위해 아무렇지 않은 척 힘썼다. 그것이 할머니를 향한 나의 존경이고, 예의이자 마지막 사랑이니까.

죽은 이들이 바라는 것은 살아있는 이들의 행복이라고 들었다. 그러나 그들은 이미 평안을 찾았지만, 우리는 여전히 일상을 살아가야 했다. 이렇게 이기적인 말이 있을까?

처음엔 이 말이 죽은 이들에 대한 무책임한 바람처럼 느껴졌다. 하지만 지금에서야 깨달았다. 죽은 이들이 무슨 힘이 있어 책임을 지겠는가. 그저 간절히 소망할 뿐이었다. 그리고 산 사람들도 마찬가지다. 그곳이 평안한 곳인지는 아무도 모른다. 그저 그곳에서는 평안하길 소망할 뿐이다. 죽은 자로서, 앞으로 살아가야 할 사람으로서.

할머니는 100세를 바라보고 계셨기에, 조문오는 사람들이 그다지 많지 않았다. 몇몇 지인들과 먼 친척, 그리고 내 친구 세 명 정도였다. 나는 일부러 할머니의 죽음을 친구들에게 알리지 않았다. 친할머니의 죽음은 다들 무관심할 게 뻔하니까. 그리고 할머니의 존재조차 모를 것이다. 그런데 이곳을 방문해 준 친구들은 나에게 있어서 할머니가 어떤 존재인지 알고 있는 친구들이었다. 내 친구들의 과거. 그러니까 그들의 추억 속에 우리 할머니가 존재했다. 이 때문에 나는 그들에게 할머니의 부고를 알려줬다. 별일 아니라고 생각했지만, 그들이 와준 것만으로도 큰 위안이 되었고, 나와 할머니에게 보여준 관심과 애정이 감사했다.

할머니는 유산을 남기셨지만, 인생을 바꿀 만큼의 큰

액수는 아니었다. 어쩌면 아버지의 탓일지도 모른다. 아버지는 과거 사업 실패로 많은 빚을 지게 되었고, 당시 몸뚱이만 남은 아버지는 할머니의 도움으로 겨우 빚을 청산할 수 있었다. 아버지는 여전히 그 일을 생각하며 한탄하고는 했지만, 정작 자신의 책임은 인정하지 않았다. 오로지 남 탓과 세상 탓으로 돌렸다.

그는 할머니의 늦둥이이자 유일한 아들로, 가족 내에서 특별한 위치를 차지했다. 고모들에 따르면, 아버지는 어릴 적부터 할머니와 할아버지의 사랑을 독차지했다고 말해도 과언이 아니라고 했다. 고모들은 용돈을 받기 위해 애쓰던 반면, 아버지는 마룻바닥에 앉아만 있어도 자연스레 주어졌다고 했다. 이 때문에 남매 관계는 그다지 좋지 않았다. 그리고 그런 환경 탓인지, 고모들은 아버지가 철이 안 들었다고 이야기했다. 나 역시 비슷한 생각을 했다. 그 시절을 살지 않았더라도 하는 행동과 태도만 보면 누구라도 알 수 있는 사실이니까. 바로 그때, 옆방에서 아버지와 고모의 대화가 들려왔다.

"누나 돈은 어떻게 할 거야"

"넌 이 상황에도 돈 애기가 나오냐? 그리고 너, 장례식장 비용이 얼마나 나왔는지는 알아?"

나는 고개를 저었다. 저 인간은 여기까지 와서 돈 얘기나 하고 있다니… 대신해 내가 창피함을 느끼고 있었다. 그리고 갑자기 들려온 목소리에 흠칫 놀라며 뒤를 돌아보았다. 큰고모였다.

"태규야 너 여기 한참 동안 있지 않았니? 집에 가서 좀 쉬다 와도 돼."

"할 일도 없는데요. 뭐…"

"그래도 괜찮겠니?"

"네. 괜찮습니다."

"니가 아빠보다 낫구나."

아버지와의 비교에 짜증이 났지만, 말대답은 어울리지 않았다. 나는 대꾸 없이 고개만 끄덕였다. 혹시나 큰고모도 옆방에서 나눈 대화를 들었을지도 모른다는 생각에 살짝 부끄러웠다.

나는 밥과 잠을 포기하면서까지 할머니의 빈소를 지켰다. 고모들은 그런 내 모습을 지켜보고는 나를 걱정하며 챙겨주었다. 자기 몸 하나도 제대로 간수 못 하고 있으면서 말이다. 그들의 야윈 얼굴만 봐도 알 수 있었다. 역시 고모들은 인생을 더 살아본 어른이었고, 그 어른의 역할은 뚜렷했다.

어쩔 수 없이 못 이기는 척, 뒤늦게 대답했다.

"그럼 잠깐 바람만 쐬고 올게요."

장례식장의 답답한 공기를 벗어나 벤치에 앉아 멍하니 하늘을 바라보았다. 마음과는 달리 날씨는 화창했다. 그 맑음이 누군가의 미소처럼 느껴져, 어쩌면 질투가 났다. 하지만 질투에는 힘이 없었다.

'하늘이 내 감정을 반영한다면 오늘은 폭우가 쏟아져야 할 텐데…'

하찮은 생각은 계속되었지만, 현실에 집중하며 이런 생각들을 떨쳐냈다.

정신을 차렸을 때는 은은하게 담배 냄새가 주변을 맴돌았다. 맞은 편에 있는 흡연 부스에서 건너온 듯했다. 나는 이 냄새를 있는 힘껏 끌어다 마셨다. 나의 무거운 마음과 어느 정도 닮아있어, 잠시 그것에 이끌렸다. 혹시 담배가 지금의 나에게 필요한 것인가 하는 생각이 들었지만, 고개를 저었다.

나는 아직 담배를 피운 적도, 입에 대본 적도 없었다. '담배는 약한 사람들이나 의존하는 도구야.' 할머니가 종종 하시던 말이 떠올랐다. 할머니도 젊었을 때는 담배를 피우셨지만, 어느 순간 자연스레 끊으셨다고 했다. 한 번은 내 옷에 담배 냄새가 배어서 할머니에게 크게 혼난 적이 있었다. 내가 피지 않았다고 셀 수 없이 이야기했지만, 내 말은 듣지도 않았다. 그리고 그날 할머니가 내게 야단쳤다.

"담배는 나쁜 거야. 태규 옆에 주님도 있고 할미도 있는데…"

괴상한 추억이 떠올라 혀를 차며 쓴웃음을 지었다. 그리고 늦었지만, 추억 속 할머니에게 답했다.

"주님은 모르겠고, 이젠 할머니도 없잖아."

잠시의 적막 속에서 생각이 멈추고, 나는 담담히 장례식장으로 발걸음을 옮겼다.

할머니의 빈소로 향하는 복도 끝에서 무심코 다른 빈소를 바라봤다. 다양한 연령대의 사람들이 모여있었다. 나와 같은 또래로 보이는 사람들, 나이 많은 어르신, 그뿐만 아니라 어린아이들까지. 객관적으로 보면 그들 모두 슬픔을 공유하는 듯했지만, 나는 그 슬픔의 무게를 감히 비교할 수 없다는 사실을 알고 있었다. 빈소에 모인 사람들은 아무렇지 않다는 듯이 조문객을 맞이하고 있었다. 하지만 그들의 눈빛과 자세에서는 괜찮지 않음이 역력했다. 사람은 기쁜 척이나 슬픈 척으로 남을 속일 수 있어도 '괜찮다'라는 감정은 전혀 그렇지 못했다. 눈물을 흘리며 슬픔에 잠긴 이들도 있었다. 나는 그것을 보며, 그들의 눈물이 치유를 위한 일부라고 생각했다. 그런 생각에 잠겨있을 때, 울고 있던 그 사람이 나를 바라보았고, 동시에 눈이 마주쳤다. 나는 깜짝 놀라 고개를 돌리고, 서둘러 할머니 빈소로 돌아섰다. 실수를 범한 듯 가슴이 뜨거웠고, 이마에는 땀이 맺혀있었다.

할머니 빈소에는 조문오시는 사람도 많지 않았고, 화환도 많지 않았다. 지나오면서 본 장례식과 비교한다면 한참 초라해 보인다고 생각했다. 조금 창피함을 느꼈을지도 모른다. 하지만 초라한 건 장례식장이 아닌 거울에 비친 나 자신이었다. 결국 나는 나 자신에게 창피해하고 있었다.

옆에서 장례를 치르는 사람들도 화환이 많다고 자랑스럽게 여기진 않을 것이다. 화환과 슬픔은 전혀 다른 문제니까. 건물 내부를 화환으로 다 쌓는다고 한들, 살아가야 할 사람들에게는 터무니없이 부족했다.

다시 할머니 빈소로 돌아와 영정 앞에 섰을 때, 한없이 작아지는 것만 같았지만, 나도 모르게 미소를 지었다. 할머니의 밝은 웃음은 주변 사람들의 마음까지도 환하게 만들었으니까. 나는 그런 순진무구함 속에 묻어나는 선한 할머니의 미소를 좋아했다. 한마디로 어린아이 같았다. 하지만 이제 와 고백해봤자 소용없는 일이다. 너무 늦어버렸으니까. 그리고 난데없이 생각에 빠졌다.

할머니가 남기고 간 것은 돈 몇 푼이 아니라고… 할머니는 앞으로 이 썩어빠진 세상을 살아가야 할 우리를 남기셨다.

발인이 끝나고, 우리는 각자의 일상으로 돌아가야만 했다. 다만, 이 세상에 할머니가 없다는 사실뿐이었다. 고모들과 아버지는 읽을 수 없는 표정으로 묵묵히 자리를 지켰다. 아니 어쩌면 지킨다는 표현보다는 갈 길을 잃은 듯했다. 앞으로의 삶에 대한 막연한 두려움이 우리 모두를 막아선 것만 같았다. 그러다 큰고모가 먼저 입을 열었다.

"다들 고생 많았다. 이제 돌아가자."

돌아가자는 말에 나는 "어디로요?" 말하고 싶었지만, 입 밖으로 꺼내지는 않았다.

갑자기 아버지가 입을 열었다.

"여기까지 왔는데 밥이나 먹고 가자."

고모들은 진절머리 나듯 아버지를 바라보았다. 하지만 밥을 부정하는 거 같지는 않았다. 우리는 근처 백반집으로 들어갔다. 들어오기 전에는 꽤 오래된 가게인 줄 알았지만, 막상 들어오고 보니 최근에 새로 공사한 듯 보였다. 메뉴판에는 다양한 찌개류와 생선구이류가 있었지만, 그중에서도 나는 순두부를 시켰다.

큰고모가 의아하다는 표정으로 나에게 물었다.

"그걸로 되겠어?"

"네, 상관없습니다만?"

무슨 말이 하고 싶은 건지 이해가 안 됐지만, 음식이 나오고서야 이해했다. 나는 순두부찌개를 생각하고 시켰지만, 나온 음식은 그저 순두부, 순두부 그 자체였다. 나는 내가 한 말을 지키기 위해서라도 음식을 남기지 않게 힘썼다. 같은 메뉴를 시킨 고모들은 옆에서 고소하다며 맛있게 먹는 모습이었지만, 나는 고소하다는 맛을 모른다. 확실한 건 아무리 양념장을 넣어도 맛이 변하지 않는다는 것이었다. 재수 없는 아침의 시작이었다.

자동차는 도로 위를 빠르게 달렸고, 끝없이 펼쳐진 들판은 지루하게 지나가고 있었다. 나는 손으로 턱을 기대고, 창밖을 바라보며 혼자 생각에 빠졌다.

우리 집은 서울이니까. 여기까지 오는 데 좋게 서너 시간은 걸릴 것이다. 아마 오늘 이곳을 벗어나면 다시 오는 일이 드물 거라 직감했다.

긴장이 조금 풀렸음에도 불구하고, 장례식 후의 쓸쓸함과 서울로 돌아가는 길의 무게감이 마음 한편을 계속 짓눌렀다. 이 때문에 원래 많던 잡생각도 더 많아진 것만 같았다. 창문을 열어 잠깐 바람을 쐬려고 했지만, 옆에 계시던 둘째 고모가 말을 걸어왔다. 그녀의 말은 나를 생각의 나래에서 잠시 끌어내려, 현재에 집중하게 했다.

"일이 이렇다 보니 대화할 시간이 없었네. 태규는 잘 지냈니?"

"뭐… 그냥 공부 좀 하고, 아르바이트하면서 지내요."

아르바이트는 사실이었지만, 공부는 거짓말이었다. 어른들은 공부한다고 하면 긍정적으로 받아들이는 경향이 있었기에, 더 이상 나한테 말 걸지 말라는 나의 각본 중 하나였다. 예상대로 내 말을 듣더니 고모는 고개를 몇 번 끄덕이고, 다시 창문 밖을 응시하셨다. 분위기를 살짝 바꾸시려다가 실패하신 듯 보였다. 예의상 나도 둘째 고모에게 말을 걸었다.

"어제 형들도 왔던데. 형들은 요즘 어떻게 지내요?"

고모는 창문을 응시하던 얼굴을 나에게 가져와 바라보았지만, 영혼은 먼 곳에 있는 듯했다.

"걔네 나름 잘 지내더구나. 사실 고모도 잘 몰라 이제 애들도 다 컸으니까…"

진짜 오랜만에 만난 형들이었지만, 이야기를 나눌 친분은 아니었다. 나 역시 고개 몇 번 끄덕이고, 다시 창문 밖을 응시했다.

오늘도 어김없이 구름 한 점 없는 맑은 날씨였다. 맑은 날씨를 부정하고 싶었지만, 그건 인간의 영역이 아니었다. 오히려 부정하고 싶은 건 날씨 따위가 아닌, 내일부터 귀찮은 아르바이트를 다시 출근해야 한다는 현실일지도 모른다. 그때 문득, 할머니가 듣고 계실지도 모른다는 생각에 나는 빠르게 잡생각을 접었다. 적어도 오늘까지는 아르바이트에 대해 생각할 필요는 없으니까. "미안해 할머니" 혼자 웅얼거리듯 하늘을 향해 말했다.

고모는 할머니라는 말에 반응한 것처럼 시선을 내 쪽으로 돌린 듯했다. 물론 착각이었을 수도 있겠지만, 그렇다고 뒤를 돌아볼 수는 없었다. 그리고 조금 지나 그 시선은 사라졌다. 이후 고모는 신경 쓰지 않는 듯 보였지만, 나 혼자 괜히 민망했다. 그래서 다음 고백은 마음속으로 외쳤다. 믿지도 않는 신에게…

"당신이 살아있는지는 몰라도 한마디만 할게요. 할머니가 더 이상 아프지 않았으면 합니다. 부디 평안하길 바랍니다. 그리고 이 기도를 듣고 계신다면 할머니에게 전해주세요."

죽음이 있기에 삶의 의미가 부여된다는 말을 어느 책에서 감명 깊게 읽은 적이 있었다. 그래서 나는 할머니에게 꼭 물어보고 싶었다.

"나를 키우던 할머니의 삶은 어떤 의미였어?"

잠시 뒤에 나는 부질없는 질문이었음을 깨달았다. 믿음

이 깨지는 순간이자, 죽음을 피할 수 없는 하찮은 동물의 무능력함을 인정한 순간이다. 죽은 자는 대답이 없었다.

살아가는 일상 속

알람도 맞추지 않았는데 아르바이트 갈 시간에 맞춰 일어났다. 어제 정확히 몇 시에 도착했는지, 몇 시에 잠들었는지 기억이 나지 않았다. 차에서부터 쭉 자면서 왔기 때문이다. 집에 도착하고도 씻지 않은 채 바로 침대에 누워 잠들었다. 하지만 피로는 마찬가지였다. 누워서 핸드폰을 보니 부재중인 전화와 문자가 눈에 띄었다. 대부분 고인의 명복을 빈다는 내용이었지만, 그중에서도 눈에 띄는 문자가 있었다.

힘든 일이 있다고 들었어. 오빠는 꼭 이겨낼 거야. 힘내! 문자 보면 연락해 기다릴게. 보고 싶어.

여자 친구에게 온 문자였다. 아직 사귄 지 얼마 되지 않아 할머니의 소식을 나누지 않았지만, 누가 알려줬는지는 짐작이 갔다. 나는 다시 한번 문자 내용을 읊어보았다. 그리고 생각했다.

'힘든 일이 있는데 너랑은 상관없잖아?'라고 답장하고 싶었지만, 내 고통과 감정을 나누고 싶지 않았다. 그리고 마지막 문구가 와 닿았다. 나도 그녀가 보고 싶다는 생각이 여러 번 들었지만, 그렇다고 죽은 할머니가 돌아오지는 않았다. 그렇다면 전부 부질없는 일에 불과했다.

내가 생각해도 현재로서는 행복과 가까워질 수 없음이 느껴졌다. 잠시 여자 친구는 뒤로하고, 나는 다시 핸드폰을 바라봤다. 그리고 무수히 많이 도착한 문자를 읽으며 생각했다. 다양한 사람들과 알고 지냈다고. 그렇지만, 지금 나에게 필요한 존재는 지인들이 아닌 할머니였다. 할머니가 내 인생의 전부라고 생각하진 않았지만, 할머니가 돌아가셨다는 사실은 마치, 할머니가 내 인생의 전부였던 것처럼 만들었다. 언제나 그렇듯 후회해도 소용없는 노릇이었다. 계속해서 시간 가는 줄 모르고 핸드폰을 보고 있자니 벌써 나가야 할 시간이라는 사실이 떠올랐다. 얼른 일어나 나갈 채비를 해야겠다고 마음먹었다.

아르바이트는 집 앞에 있는 햄버거 가게에서 하고 있었다. 굳이 햄버거 가게에서 일하는 이유를 말하자면 집에서 가게까지 5분도 채 안 걸려 도착한다는 이유였다. 다양한 아르바이트 경험으로 깨달은 사실은 출퇴근이 가까워야지 오래 다니기 편하다는 것이다. 물론 높은 급여도 중요하지만, 높은 급여의 아르바이트는 많이 없기도 하고, 대체로 힘든 체력을 요구했기 때문에 나는 선호하지 않았다. 덕분에 이런 아르바이트들만 골라서 하다 보니 출퇴근길 시간 절약은 나에게 있어 필수요소가 되어버렸다.

나는 집에서 나와 햄버거 가게로 향했다. 걸어가며 마주한 거리와 동네 사람들은 수상할 정도로 자연스러워 보였다. 마치 아무 일도 없었던 거처럼. 그들에게는 아무 일도 없는 게 맞지만, 뭐랄까. 할머니의 죽음이 아무런 의미가 없는 듯 느껴졌다. 실제로 아무런 의미가 없어도 말이다. 사람의 죽음은 너무나도 허무했다. 하지만 나도 그들도 그 허무를 따라 살아가고 있었다. 복잡한 생각을 정리하며 걷다 보니 어느새 가게 앞까지 도착했지만, 오랜만에 마주한 가게의 모습이 내키지 않았다. 나는 깊은 한숨을 내쉬며, 오늘의 하루를 시작하러 들어갔다.

먼저 라커룸에 들어가 유니폼으로 갈아입었다. 옷이 왠지 크게 느껴졌지만, 며칠 쉬고 왔으니 살이 많이 빠졌을지도 모른다고 생각했다. 대충 갈아입고, 라커룸을 나와 출근 체크를 하러 컴퓨터가 있는 곳으로 향했다. 그곳에서는 먼저 출근한 점장님과 아르바이트생들이 영업을 준비하고 있었다. 멀리서부터 자잘한 대화 소리가 들렸지만, 나를 보더니 갑자기 쥐 죽은 듯 조용해졌다. 나도 왜 그런지 모르게 무언가 잘못한 사람처럼 느껴졌다. 곧이어 점장님이 나에게 말을 건넸다.

"잠깐 밖으로 나갈까?"

그는 주머니에서 담배를 꺼내 피우기 시작했다. 무슨 이야기를 하실지 대충 짐작이 되었기 때문에 빨리 끝내고 들어가고 싶은 마음뿐이었다. 그리고 그가 나에게 돈 봉투를 건네며 말하기 시작했다.

"할머님 빈소에 찾아뵙지 못해 미안하다. 가게 자리를 비울 수 없었어."

"아니요. 괜찮습니다. 마음만 받겠습니다. 정말로 괜찮습니다."

"많이 넣지도 않았어. 그리고 너한테 주는 것도 아니야. 잔말 말고 너는 할머니를 위해서라도 받아."

그는 돈 봉투를 내 주머니에 욱여넣은 다음, 내 어깨에 손을 올려 몇 번 툭툭 치고 다시 가게 안으로 들어갔다. 나는 그 자리에 멍하니 할 말을 잃은 채 서 있었다. 그리고 '할머니를 위해'라는 말에 대해 혼자 생각했다. 과연 할머니를 위한 일이 존재할까? 역시 아무리 생각해봐도 답은 찾을 수 없었다. 어쩔 수 없이 나도 돈 봉투를 가진 채 가게 안으로 따라 들어갔다.

남들에게 이 돈 봉투를 들키면 오해할지도 모른다는 생각에 최대한 자연스럽게 라커룸으로 향했다. 그러나 이제 막 출근한 아르바이트생이 이미 라커룸에 있었다. 나도 모르게 흠칫 놀라버렸다.

"왜 놀라요? 형 뭐 죄지었어요?"

"응? 아니야… 아무것도…"

"뭐야… 형 오늘 이상해요."

"됐고, 빨리 옷이나 갈아입고 나와."

그는 나에게서 이상한 낌새를 느낀 듯 보였지만, 캐묻지는 않았다. 나도 모르게 코에 땀방울이 맺혀있었다. 그리고 잘못을 저지른 듯한 강한 울렁거림이 느껴졌다.

그가 탈의실로 들어가는 모습을 확인하고, 나는 안심하며 보관함에 돈 봉투를 넣었다. 그러자 안도의 한숨이 나왔다. 긴장한 나머지 숨을 참고 있던 것이다. 몸은 굉장히 뜨거웠고, 등에서는 콕콕 찔리는 듯한 따끔거림이 느껴졌다. 굉장히 불편한 아침이었다.

보통 가게 영업은 아르바이트생 다섯 명과 점장님 한 명으로 시작한다. 영업은 크게 세 분야로 나뉜다. 고객 응대, 햄버거 제조, 튀김류 제조. 아르바이트는 간단하다. 각 위치에 할당된 업무를 퇴근 시간까지 반복하면 된다. 나는 주로 햄버거 제조와 튀김류 제조를 담당한다. 고객 응대는 대개 여성 아르바이트생이나 점장님이 맡기 때문이다. 사실 나는 응대 업무를 별로 좋아하지 않아 일부러 피하기도 했다. 모르는 사람들과 말을 섞기가 싫으니까.

활동량이 적어 비교적 편해 보일지 모르지만, 고객 응대는 육체적인 것보다 정신적으로 피로하다.

예상대로 오늘도 진상 고객을 마주치게 되었다. 고객 응대는 사실상 진상 응대와 다를 바 없는 업무였다.

"저기요, 제가 햄버거를 시켰는데 왜 이렇게 짜요?"

앞에 있던 아르바이트생이 놀란 듯 대답했다.

"네?"

"아니 짜서 그런데 물이나 음료 같은 거 없나?"

"음료 주문하시겠어요?"

"아니, 그게 아니라…"

그는 테이블 끝에 놓인 쟁반을 들고 계산대까지 가져와 내던지며 분통을 터트렸다. 단품 메뉴만 시킨 것 같았다.

"나는 더 이상 못 먹겠으니까…"

나는 그의 말을 엿듣고는 살짝 비웃었다. 못 먹는 게 아니라 더 이상 먹을 수 있는 게 없어 보였기 때문이다.

"죄송합니다. 저희가 다시 조리해 드릴게요."

"됐고, 그냥 환불해줘."

고객의 불만을 들은 아르바이트생은 어쩔 줄 몰라 하며 당황해했고, 상황을 파악한 점장님이 즉시 나서서 대처했다.

"네, 고객님 바로 환불해 드리겠습니다. 결제하신 카드만 여기에 꽂아주세요."

고객은 점장님이 직접 나서 대응하자 만족스러운 표정을 짓고 있었다. 그리고 마치 기다렸다는 듯 카드를 꺼내 계산대에 올려두었다. 아마 저 고객은 이곳을 다시 방문하긴 힘들 것이다.

고객이 가게를 떠나자, 응대하던 아르바이트생은 점장님에게 억울함을 호소했다. 그리고 점장님은 그녀를 달래느라 바빴다. 나는 모든 상황을 연극을 보는 것처럼 구경했지만, 마냥 즐겁지는 않았다.

진상 고객의 등장 때문일까? 바쁜 하루가 비교적 빠르게 지나가는 것처럼 느껴졌다.

나는 일을 마치고, 간만에 아르바이트생들과 함께 술을 마시고 있었다. 그때, 옆에 있던 동생이 나에게 말을 건넸다.

"형, 요즘 무슨 일 있어요? 왜 이렇게 얼굴 보기 힘들어요?"

"아 그냥, 별일 아니야."

"형, 저 몰래 다른 일 뛰는 거 아니죠? 좋은 거 있으면

저도 알려줘요."

"그런 거 아니라니까."

그는 나의 반응이 재미가 없었는지 흥이 죽은 듯 보였다. 하지만 곧이곧대로 이야기했더라면 아마 더 재미없는 표정을 지었을 것이다. 내 이야기는 흐지부지하게 넘겨버리고, 우리는 평범한 일상을 서로 나눴다. 요즘 상영하는 영화나 유행하는 아이돌, 더 나아가 개인의 연애사가 전부였지만, 그것 나름의 재미가 쏠쏠했다. 하지만 그 이야기들은 왠지 모를 거리감이 있었기에 나는 옆에서 술을 마시며 대꾸와 호응만 조금 도왔다. 남들이 보기에는 내가 재미없어 보일지도 모른다. 하지만 묵묵히 그 애들이 하는 수다만 듣고 있어도 나름의 위로가 되었고, TV 토크쇼를 보듯 흥미로웠다.

시간이 얼마나 흘렀는지는 모르겠지만, 점점 적막이 감돌기 시작했다. 주고받던 대화도 점차 뜸해지며, 나 역시 피로감에 지치기 시작했다.

"더 늦기 전에 슬슬 일어나자."라고 나지막이 말하며, 하나둘씩 자리에서 일어나기 시작했다.

혼자 쓸쓸히 집으로 돌아가는 길에 다시 한번 일상으로

돌아온 것을 실감했다. 그리고 아침에 받았던 돈 봉투를 열어보았다. 오만 원권 한 장이었다. 오늘 술값은 벌었다는 생각이 들었다. 그러자 갑자기 회의적인 생각이 몰려들었다. '할머니를 단돈 몇 푼에 바꾼 거 같잖아?' 생각과 동시에 고개를 저어 그 생각에서 빠져나왔다. 아무래도 아직 어른이 되기에는 멀고 부족했다.

나는 점점 새벽 감수성에 젖어갔다. "할머니가 보고 싶어." 혼잣말을 내뱉기도 했다. 밤공기는 생각보다 쌀쌀했고, 특유의 봄 냄새가 나를 감쌌다. 생각한 것보다 더 많은 양의 술을 마셨지만, 놀랍게도 정신은 맑았다. 실제로도 맑은지는 알 수 없었다. 단지, 그런 것만 같았다. 무엇보다도 개운했다. 적적해서 지나가는 길에 핸드폰을 꺼내 봤더니 부재중 전화와 문자를 와있었다. 둘째 고모였다.

태규야 집에 잘 도착했니? 지난 며칠 동안 고생 많았다. 매번 니가 고생하는구나. 다름이 아니라 이번 주에 시간 있으면 고모를 잠깐 만났으면 하구나. 그럼 연락하렴.

어른들은 이상하게 집에 잘 들어갔냐는 여부를 묻고

는 했다. '당연한 거 아닌가?' 생각하면서 고개를 끄덕였다. 그리고 뒤에 적힌 내용의 의미를 전혀 알아차릴 수 없었다. 며칠간 함께한 고모인데 갑자기 따로 만나자니. 이해가 되지 않았지만, 굳이 관심을 두지 않기로 했다. 그다지 궁금하지 않았기 때문이다. 의미 없는 생각임을 깨달았을 때는 벌써 집 앞에 도착했을 무렵이었다. 지금은 그저 졸렸다. 그래서 대충 고모에게 답장을 보내려고 했지만, 너무 늦은 시간이었다. 아무래도 내일의 나에게 맡겨야겠다는 생각만 가지고 그냥 집으로 들어갔다.

고모에게 약속 장소와 시간을 문자로 물었더니, 빠른 답장이 돌아왔다. "일식 좋아하니?"라는 메시지였다. 나는 일식을 특별히 좋아하지는 않았지만, 반대로 싫어하지도 않았기에, 애매모호한 답장을 보냈다. 이어서 고모가 알려준 약속 장소는 청담동에 있는 룸형식의 일식집이었다.

처음에는 점심부터 날고기를 먹는다는 생각에 내키지는 않았지만, 고모의 선택에 따르기로 했다.

"그럼 그때 뵙겠습니다"라고 답장을 보내고 나서는, 침대에 누워서 남은 시간을 보냈다. 아직 약속 시간까지 충분히 여유가 있었다. 내심 고모가 나에게 어떤 이야기를 하실지 조금 설레기도 했다.

집에서 청담동까지 약 40분 정도 걸렸다. 지하철을 이용하면 더 빨리 갈 수도 있겠지만, 여러 번의 환승이 번거로워 약속 장소까지 직행하는 버스를 선택했다. 운이 좋게도 그날따라 도로가 혼잡하지 않았다. 버스의 중간쯤에 자리를 잡고 앉아서, 나는 창밖을 바라보며 어린 시절의 추억을 되새겼다.

어린 시절의 나는 종종 청담동에 있는 둘째 고모네 집에서 가족들과 모임을 하던 기억이 떠올랐다. 그 집은 내 기억 속에서 꿈같이 큰 집으로 자리 잡고 있다. 현관에서 거실로 이어지는 길이 마치 끝도 없는 듯했고, 거실은 기이한 장식품들로 가득 차 있었지만, 그런데도 내가 살던 집보다 훨씬 넓고 호화로워 보였다. 나에게 낯선 아주머니가 다가와 인사를 건네기도 했다. 생각해보면 어릴 때는 모르는 사람들이 다가와 인사를 건네는 일이 흔했던 것 같다.

나에게 인사를 건네준 아주머니는 고모네 가정부였다. 그녀는 내가 갓난아기였을 때, 자주 돌봐주었다고 했지만, 나는 그 시절의 기억이 전혀 없었다. 시간이 흘러 최근에 알게 된 사실은, 고모가 자수성가한 사람이며, 상당한 부를 축적한 분이라는 것이었다.

고모는 국내에서 가장 비싼 자동차를 타고 다녔으며, 할머니에게 주는 용돈은 웬만한 직장인의 월급을 훨씬 능가하는 수준이었다. 그뿐만 아니라, 고모가 거주하는 아파트는 내가 평생 일해도 감히 살 수 있을지 의문이었다. 그런 고모를 만나러 가는 길이니, 어느 정도 기대감이 생기는 것은 당연했다.

그러한 생각에 잠겨있던 도중, 나는 차창 너머로 펼쳐지는 풍경에 이끌렸다. 높게 솟아오른 건물들, 바쁘게 거리를 오가는 사람들, 그리고 계절의 변화를 알리는 색깔들이 오늘따라 선명하게 느껴졌다.

버스에서 내려 조금 걸어가니, 약속 장소가 시야에 들어오기 시작했다. 생각보다 일찍 도착해 버린 나는, 잠시 다른 곳에 들러 시간을 보내고 올지 고민했지만, 추운 날씨 때문에 결국 들어가서 기다리기로 했다. 그런데, 입구 옆에 붙어있던 게시물이 눈에 띄었다. 거기에는 오픈 시간과 마감 시간 그리고 브레이크타임이 기재되어 있었다.

브레이크타임은 앞으로 30분 뒤, 정확히 고모와의 약속 시간이었다. 당황한 나는 가게 주변을 불안하게 서성이며, 고민에 빠졌다. 이 상황을 고모에게 알리기 위해 전화도 해보았지만, 안타깝게도 전화는 곧장 음성사서함으로 넘어갔다. 어쩔 수 없이 나는 가게 안으로 들어갔다. 입구에서 나를 맞이한 것은 단정한 복장을 갖춘 종업원이었다. 그는 잠시 손목시계를 확인한 후, 나에게 말을 건넸다.

"예약하셨나요?"

"네? 네, 남은자입니다."

종업원의 질문에, 나는 순간 당황해 말을 잇지 못했다. 종업원은 잠시 기다려달라는 말을 남기고서 들고 있는 태블릿PC를 들여다보았다. 그러자 고개를 약간 기울더니, 의아하다는 표정을 짓기 시작했다.

그 모습을 보고는 속으로 '혹시 예약자 명단에 없는 건가.' 하고 걱정했다.

"예약자 명단에 남은자 고객님의 이름이 보이지 않습니다. 혹시 핸드폰 번호 뒷자리가 어떻게 되시나요?"

그의 질문에, 나는 잠시 핸드폰을 꺼내 고모의 연락처를 확인한 뒤 종업원에게 번호를 알려주었다. 하지만 그

번호도 예약자 명단에 없었다. 혹시나 해서 내 이름을 말해보았지만, 결과는 같았다.

"지금 바로 예약을 도와드릴 수 있습니다만, 저희 가게는 30분 뒤에 브레이크타임이라는 점 양해 부탁드립니다."

당황스러움을 감추지 못한 채, 나는 자리에 서 있었다. 그때, 가게 깊숙한 곳에서 일식 가운을 착용한 여성이 모습을 드러냈다. 평소에 남성 요리사들만 보아왔기에, 주방에서 나온 그녀를 무의식적으로 이상하게 쳐다보고 있었을지도 모른다. 그리고 나는 그녀가 바로 이 가게의 사장임을 직감했다. 그녀로부터 풍기는 아우라는 장인임을 속일 수 없었다.

그녀는 잠시 낯선 나를 바라보며 의아해했다. 그러다가 무언가를 깨달은 듯, 변화된 표정으로 나에게 다가와 인사를 건넸다.

"안녕하세요. 저번에 인사드렸는데 옷이 바뀌니 못 알아봤네요."

"네?"

"저, 빈소에서 인사드렸는데 기억이 안 나시나 봐요."

그녀의 말을 듣고 나서야 비로소 할머니 빈소에서 본

듯한 인상이 떠올랐다. 비록 조문 온 사람들이 많지 않았음에도 불구하고, 많은 사람의 얼굴을 하나하나 기억하기란 사실상 불가능했다.

"아, 죄송합니다. 정신이 없어서…"

"아, 아뇨 괜찮습니다. 오히려 제가 더 죄송합니다. 은자한테 이야기 들었습니다, 안쪽으로 안내하죠."

가게 내부는 세련되고 고급스러운 분위기를 자아냈으며, 은은하게 흘러나오는 클래식 재즈 음악은 나를 더욱 차분하게 만들었다. 안내된 자리는 두 명이 식사하기에는 지나치게 넓어 보였고, 그 공간에서 혼자 있게 된 나는 다소 불편한 마음을 감출 수 없었다. 고모에게 도착했다는 메시지를 보내려고 핸드폰을 꺼내자, 고모로부터 늦을 것 같다는 메시지가 도착해 있었다.

혼자 있기 불편한 마음에, 고모가 도착하기만을 기다렸다. 하지만, 곧 이런 생각이 들었다. 어쩌면 고모와 단둘이 있는 것보다 지금 혼자 있는 시간이 더 편안할 수도 있다는 것을. 나의 불편함은 이 고급스러운 가게 때문이 아니라, 어른인 고모와의 대화에서 오는 긴장감 때문이었다.

시간을 보내기 위해 핸드폰을 들고 이 가게에 대해 검색해 보았다. 맛있다는 긍정적인 후기가 가득했지만, 나의 눈길을 사로잡은 것은 그 후기가 아닌, 가격표였다. 평소에 내가 먹는 점심값의 10배, 고급 코스는 그보다도 훨씬 비싼 가격이었다. 어쩌면 이곳을 다시 방문할 기회는 없을지도 모른다는 생각이 들었다.

잠시 후, 내 쪽으로 다가오는 발소리가 들렸고, 고모임을 짐작했다. 역시 고모가 들어섰다. 오늘따라 예측대로 잘 들어맞아 나 자신에게 조금 뿌듯함을 느꼈다.

고모는 나를 향해 미소를 지었지만, 그다지 밝아 보이지는 않았다. 오히려 그늘지고 어둠이 깊어 보였다. 어떤 무게가 그녀의 어깨를 짓누르고 있는 것처럼. 아무래도 자신을 뿌듯해할 때가 아니었다. 우리는 간단한 안부 인사를 나누었지만, 솔직히 어른과의 만남이 반갑지는 않았다. 항상 그렇듯, 긴장감이 맴돌았다.

아까 만났던 그녀가 곁들이 음식을 직접 들고 와서 우리 테이블에 세심하게 차려주었다. 고모와 그녀는 가벼운 눈인사를 나누는 듯 보였다. 그 순간의 교환에서 느껴지는 친밀감은 단순한 친구 사이는 아니라고 느껴졌다. 고모가 그녀에게 코스 요리를 전부 가져다 달라고 부탁하자, 그녀는 미소 띤 얼굴로 응대하고 조용히 자리를 떠났다. 그리고 고모는 젓가락을 집어 올리며 말했다.

"천천히 먹으며 이야기 나누자꾸나."

'나눌 이야기가 있을까요?'라는 말이 마음속에서 맴돌았지만, 그 말을 입 밖으로 내지는 않았다. 고모의 미소 속에 숨겨진 그늘은 여전히 짙고 깊었다. 그리고 음식이 모두 테이블 위에 놓일 때, 나는 그 화려함과 풍성함에 순간적으로 입을 다물지 못했다. 음식들은 눈으로 봐도 신선했고 각 요리는 예술작품과도 같았다. 나는 본능적으로 핸드폰을 꺼내 사진을 찍기 시작했다. SNS에 공유하기 위해서였다. 사진을 찍고 나니, 어느새 나도 모르게 기분이 들떠 있었다.

사진을 찍고 나서, 고모와 나는 말없이 음식에만 집중했다. 그 맛은 지금까지 맛본 모든 생선 요리를 초월하는 새로운 경험이었다. 날고기가 이렇게 맛있을 수 있다니, 그 사실을 오늘에서야 깨달았다. 만약 고모가 아니라 친구들과 왔다면, 이 음식들은 분명 순식간에 사라졌을 것이다.

그러나 고모의 천천히 먹자는 말이 떠오르면서, 나는

서둘러 먹는 것을 멈추고 음식의 맛을 음미하기 시작했다. 어른과의 자리는 밥 먹는 것조차 쉬운 일이 없었다.

잠시 젓가락을 내려놓고 물을 마시려는 찰나, 고모와 눈이 마주쳐버렸다. 빠르게 시선을 돌리려 했지만, 고모는 마치 무언가 전하고 싶은 듯한 눈빛을 보냈다. 그 순간, 내 몸에서 무언가가 끓어오르는 듯한 긴장감이 솟구쳤다.

“음식 맛은 어때? 마음에 들어?”

“네, 정말 맛있어요.”

“방금 그 사람이 내 고등학교 동창이야. 일식에 빠지더니 글쎄 이렇게까지 번창할 줄이야.”

“그렇구나….”

“나중에 기회가 되면, 여자 친구와 함께 와보렴.”

상당히 불편한 자리임이 틀림없다고 느껴지는 대화의 연속이었다. ‘먼저 여자 친구가 있는지부터 물어봐야 하지 않나?’라는 생각이 스쳐 지나갔으나, 여부는 중요하지 않은 일이었다.

식사를 마친 후, 고모가 후식으로 따뜻한 녹차를 주문하자, 이곳을 처음 방문한 나도 본능적으로 같은 선택을 했다. 물론, 나는 녹차를 좋아하지 않았다. 고모는 녹차를 몇 모금 마신 후, 아까와는 전혀 다른 표정으로 나를 바라보았다. 그 순간, 주변 공기마저 무겁게 느껴지며, 무언가 중대한 대화가 시작될 것 같은 느낌을 받았다. 아마도 이제부터가 본론이다.

고모는 핸드백 속에서 반으로 접힌 서류 봉투를 꺼내 나에게 내밀었다. 그 서류를 받는 순간, 나는 불안한 마음을 감추지 못했다. 손에 닿는 물건의 촉감은 얇은 책자와 립스틱 같은 물건이었지만, 그것조차 불확실했다.

"열어보렴."

고모가 재촉했다. 궁금증에 불타는 마음으로 나는 그 봉투를 찢어버리고 싶었으나, 주변을 감싸는 은은한 노랫소리가 나의 충동적인 행동을 저지했다. 나는 조심스레, 서류 봉투를 열었다.

봉투 안에는 통장과 인감도장, 그리고 네 자리 숫자가 적힌 메모지가 들어있었다. 아무런 잘못도 하지 않았음에도 불구하고, 마치 큰 잘못을 저지른 듯한 뜨거운 감정이 내 몸속 깊은 곳에서부터 피어나기 시작했고, 어느 새부턴가 숨도 참고 있었다.

이 물건들이 무엇을 의미하는지, 왜 고모가 이러한 물

건들을 나에게 건네는지 알 수 없었다. 그리고 나는 이 의아함과 궁금증을 해결해야만 했다.

"고모, 이거는?"

고모는 내 질문을 이미 예상했다는 듯한 눈빛으로 나를 바라보았다.

"옛날에 너도 본 적 있지? 할머니가 너 이름으로 저축하시던 예금이란다."

"알고 있지만, 이건 예전에 아빠가…."

"그랬었지…."

그녀의 눈빛에서는 시간을 거슬러 올라가, 그 당시의 사건들을 하나하나 되짚어보고 있는 것 같았다.

어렸을 적, 할머니가 내 이름으로 개설한 통장이 있다는 것쯤은 이미 알고 있던 사실이었다. 큰돈을 모아 나중에 대학 등록금에 보태주겠다고 말씀하시고는 했었으니까. 그것을 빌미 삼아 설날이나 각종 가족 행사에서 받은 용돈은 할머니가 몽땅 가져가시고는 했었다.

하지만 아버지의 사업이 기울기 시작하면서 상황은 복잡해졌다. 그 빚을 메꾸기 위해 가족의 재정 상태가 나빠졌고, 우리는 빈곤한 삶을 견뎌야만 했다. 시간이 지나면서 어느 정도 상황이 회복되는 듯 보였지만, 그 과정에서 많은 것이 변했다. 할머니는 나에게 대학 등록금을 마련해주지 못하는 것에 대해 미안해하셨고, 때로는 그 책임을 아버지에게 돌리기도 하셨다. 그런 상황에서 나는 내 통장 역시 아버지를 돕는 데 사용되었다고 당연히 여겼다. 이미 10년도 더 된 일이었다.

자연스럽게 통장의 잔액을 눈으로 훑어보았다. 상당한 금액이었다. 그 돈이면 4년 치 대학 등록금을 충당하고도 남는 금액이었다. 그러나 나는 대학에 진학하지 않았으며, 그럴 계획도 전혀 없었다.

고모는 손에 든 녹차 잔을 입술에 가져가 한 모금 마시고 나서, 나를 바라보며 조심스레 말을 이었다.

"너도 알다시피 너희 아빠가 사업을 말아먹어서 우리 가족이 힘들었잖아? 그 빚을 갚기 위해 할머니께서는 평생 모으신 모든 돈을 사용하셔야 했어. 그 통장까지도 말이야. 하지만, 네 통장만큼은 절대 사용할 수 없다고 그것만큼은 지키겠다고 오기를 부리잖니. 고모가 큰소리치면서 이유를 물었는데 할머니는 니가 너무 불쌍해서 그 돈을 쓸 수 없다는 거야. 엄마도 없는 딱한 아이라면서. 기껏 있는 아빠라는 사람도 자식을 위협하고 괴롭히고 있다는 사실에 할머니는 마음이 아팠던 거야. 고모도 어느 정도 이해는 됐지마는 현실을 무시할 수는 없잖아. 그래서 최소한 옥살이만은 면하자고 제안했더니 할머니도 수긍하시더라. 그때 할머니 설득하느라 고모가 애 좀 먹었다. 그리고 시간이 조금 지나, 고모가 너를 위해 통장을 새로 만들어 할머니께 드렸지만 안 받으시더구나."

"왜죠"라고 물어보고 싶었지만, 도저히 말을 꺼낼 분위기가 아니었다.

"자신이 없대. 자기가 너무 늙어서 까먹을까 봐. 아무래도 나이가 들어 기억력이 예전 같지 않으셨던 거 같아. 자식을 앞에 두고 그런 말씀을 하시니 원… 그래서 일단 내가 맡고 있었단다. 사실 너에게 이 통장을 좀 더 일찍 전해주고 싶었지만, 여러 사정이 겹쳐서, 이제야 주는구나. 미안하단다."

"아니에요, 아닙니다…."

나는 모든 이야기를 듣고도 와닿지 않았다. 조금 슬픈 감정이 올라오는 듯했지만, 정도 심하지는 않았다. 그리고 나를 슬프게 만든 대상은 다름 아닌 나를 향한 할머니의 연민이었다. 나는 스스로 돌아보며 안타까움을 느끼기 시작했다. 살면서 나 자신을 가엾게 여기는 것을 부정하지는 않았지만, 가족의 입에서 직접 그런 말을 들으니, 가슴이 아프고, 깊은 외로움을 느끼게 했다. 그리고 이제 서야 깨달았다. 할머니가 떠난 이 세상에서, 나는 고아였다.

식사를 마친 후, 밖으로 나섰다. 해는 이미 서서히 지기 시작했다. 동시에 나와 마주한 봄바람은 오랜 긴장의 끝을 알리는 해방감을 안겨주었다. 긴장이 풀려서인지, 몸이 나른해지는 느낌도 받았다. 이제 남은 것은 오직 집으로 돌아가고 싶은 마음뿐이었다.

고모는 내가 바깥의 공기를 맞으며 기다리는 동안, 가게 안에서 그녀의 친구와 인사를 나누고 있었다. 가게 앞이 한적해서 처음 만났던 종업원을 찾아보았지만, 모습은 어디에도 보이지 않았다. 마침내 고모가 인사를 마치고 나와 내 옆에 서서 말했다.

"집까지 태워줄게. 차 타고 가렴."

나는 솔직하게 고모에게 말했다.

"괜찮습니다. 지금은 좀 혼자 있고 싶어요."

"그래? 그럼, 조심히 들어가고 자주 연락하자."

"네."

고모가 차에 올라탄 후, 그녀의 모습은 점점 시야에서 멀어져갔다. 입술을 굳게 다물고 고개를 끄덕이는 그 모습에, 무언가 말하고 싶은 듯하면서도 말하지 못하는 깊은 감정이 담겨 있는 듯했지만, 나는 무심하게 작별했다. 그리고 누군가를 배웅하는 순간이 가져다주는 공허함은 언제나 마음 한구석을 무겁게 만들었다. 나 역시 이 공허함을 안고 집으로 돌아갈 시간이었다.

속주머니에 손을 넣어 통장을 만지작거리며, 나는 버스정류장으로 발걸음을 옮겼다. 통장을 얼마나 꽉 쥐고 있었는지, 이제는 원통 모양으로 돌돌 말려있었다. 마음속에서는 각종 망상이 끊임없이 이어졌다. 만약 길에서 강도를 만나면 어떻게 할까? 버스가 전복되면 어떡하지? 평소 뉴스나 기사로만 접하던 각종 사건 · 사고들이 나에게 일어날 수도 있다는 생각에, 불안함이 극에 달했다.

버스정류장에 도착했을 때도, 불안감은 여전했다. 궁극의 망상은 나의 현실까지 지배했다. 결국, 나는 버스를 기다리는 것을 포기하고, 택시를 타고 집으로 향해야만 했다.

네온사인이 밝히는 거리를 바라보며, 나는 깊은 사색에 잠겼다. 갑작스러운 교통사고의 가능성에 관한 생각이 스쳐 지나갔지만, 이제 그런 망상은 재미조차 주지 않았다. 마침내 나는 망상의 세계에서 벗어나 현실과 마주했다.

여러 가지 고민 중에서도, 고모로부터 받은 통장과 그 안에 담긴 돈이 가장 큰 난제였다. 갑작스럽게 막대한 돈을 손에 넣은 나는 어떤 결정을 내려야 할지 막막했다. 어쩌면 로또에 당첨된 사람들이 느끼는 감정일까? 하는 생각도 들었다.

내 마음속에는 길을 잃은 듯한 혼란만이 가득했다. 어디로 가야 할지, 그리고 문득, 이런 생각도 들었다. 할머니의 죽음과 맞바꾼 돈… 그저 보험금이라고 말이다. 심지어 전혀 틀린 말이 아니라는 현실이 나의 마음을 더욱 무겁게 했다. 모든 진실을 알고 있음에도 불구하고, 나의 믿음은 무너져 내리고 있었다. 돈의 성질은 너무나도 강했다.

망상과 고민이 교차하는 가운데, 익숙한 건물들이 점점 내 시야를 채우기 시작했다. 이곳에서부터는 걸어가기로 결심했다. 나는 택시에서 내려서 집 앞이 아닌 근처에서 내렸다. 번거롭기는 해도 이 방법이 어느샌가 버릇이 되어 있었다. 집에 도착한 나는, 마치 긴 여정에서 돌아온 듯 몸이 지쳐 있었다. 오늘의 일정은 단지 고모와의 식사뿐이었지만, 몸은 완전히 녹초가 되어있었다. 나는 침대에 파묻혀 다시금 돈에 대해 곰곰이 생각해보았지만, 아무리 고민해도 명확한 답은 찾을 수 없었다. 그리고 나는 고모가 전해준 할머니의 말을 다시 떠올렸다.

"엄마도 없는 딱한 아이."

그 한마디는 내 심장 깊숙이 파고들어, 무거운 짐처럼 남겨졌다. 할머니께서는 어떤 심정으로 그런 말씀을 하셨을까? 잠들기 직전까지 깊이 생각해봤지만, 이것 또한 답을 찾기는 어려웠다.

길 한복판에서 멍하니 서 있는 누군가를 꿈꿨다. 그는 움직임 없이 고요히 서 있었고, 그의 시선은 오로지 앞만 향해 있었다. 주변은 허허벌판으로 아무것도 존재하지 않는 공허한 공간이었다. 그가 누군가를 기다리고 있는지, 아니면 무언가를 찾고 있는지 알 길이 없었다. 그와 가까워질수록 그의 모습은 지친 듯, 서 있는 것조차 버거워 보였다. 분명 그는 한동안 이곳에서 쉬어야만 할 것 같았다. 그리고 그 순간, 나는 깨달았다. 그 멈춰 서 있는 인물이 바로 나 자신이라는 것을.

나는 꿈속에서조차 누군가를 기다리고 있었는지도 모른다는 생각에 잠겼다. 그러나 그 기다림의 대상이 무엇인지, 그것이 정말로 올 것인지조차 알 수 없는 불확실함 속에서 나는 그저 멍하니 서 있어야만 했다. 이 허허벌판 같은 삶에서 나는 무얼 찾고 있는 걸까? 그 답을 찾기 위해 아마도 나는 계속해서 이 길 위에 있어야만 할 것이다.

오랜만에 여자 친구와의 약속이 잡혀있었다. 할머니를 잃은 슬픔과 바쁜 일상에서 연락할 여유를 찾지 못했던 나는, 이제야 그녀와 마주할 시간을 가질 수 있었다. 어쩌면 나의 바쁨이 전부 핑계에 불과할 수도 있지만, 그것이 완전히 거짓말은 아니었다.

우리의 첫 만남은 아는 형이 운영하는 술집에서였다. 그때의 만남은 그리 인상적이지 않았으나, 서로에 대해 알아가는 과정에서 점차 서로에게 끌리기 시작했다. 그녀는 대학에서 공부하는 학생이었고, 나보다 세 살이나 연하였다. 주변의 친구들은 그녀와의 관계를 부러워했지만, 연하라는 것이 언제나 좋은 점만 지니고 있지는 않았다. 하지만 친구들 사이에서는 언제나 관심이 뜨거웠다.

고모에게 건네받은 돈은 당분간 비밀로 두기로 했다. 이 문제를 누군가와 공유할 문제가 아니라고 판단되었기 때문이다. 또한 그 돈을 쓸 계획도 전혀 없었다. 할머니의 죽음을 아직 마음 깊이 받아들일 준비가 되어있지 않았으니까. 할머니가 나에 대해 어떻게 생각하셨든, 그것은 중요하지 않았다. 할머니는 언제나 나에게 있어 어머니와 같은 존재였고, 그것은 영원히 변하지 않을 사실이니.

할머니의 소망처럼 대학에 가는 것을 고려했으나, 그 길은 생각보다 쉽지 않았다. 하지만 할머니라면, 분명 내 결정을 이해해주실 것이다. 하고 싶지 않은 일을 강요하시는 분이 아니셨으니까. 나는 혼자 자기 위로의 말을 반복했다.

생각의 나래를 걷어내고 길 끝에 서 있는 여자 친구의 모습이 시야에 들어왔다. 노란색으로 염색한 그녀의 긴 생머리는 멀리서도 눈에 띄었고, 그녀의 큰 눈동자는 이 거리에서도 반짝임을 잃지 않았다. 연청색 바지와 흰색 와이셔츠를 입은 그녀의 모습은, 그녀의 작은 체구를 더욱 돋

보이게 했다. 오버핏의 베이지색 니트조끼와 크로스백이 그녀의 작은 키를 귀엽게 감싸 안아, 그녀의 모습을 한층 더 사랑스럽게 만들었다. 이 순간, 나는 그녀의 귀여운 모습에 매료되었다고 생각했다.

상상 속에서는 즐거움이 끊이지 않는 듯했지만, 현실은 상상과는 거리가 멀었다. 오늘따라 여자 친구의 말이 유난히 많았다. 그녀가 나를 위해 기울이는 노력은 어느 정도 이해할 수 있었다. 하지만, 그녀의 말들은 나에게 단지 소음처럼 들렸다. 식사하거나 카페에 갔을 때조차, 그녀의 모든 행동은 나를 위한 것이라는 것을 알 수 있었지만, 그것은 오히려 남녀 간의 균형이 깨어진 관계를 느끼게 했다.

할머니를 그리워하는 마음은 여전했지만, 오늘, 이 자리는 여자 친구를 만나기 위해 마련된 시간이었다. 이렇게 될 줄 알았다면, 차라리 만나지 않는 편이 나았을 것이라는 생각마저 들었다. 여자 친구가 할머니의 빈자리를 채울 수 없다는 사실은 명백했다. 아니, 그것은 불가능한 일이었다. 특히 오늘 그녀의 행동들은 평소보다 더욱 불쾌하게 느껴졌다.

시간이 흘러, 나는 여자 친구를 그녀의 집 앞까지 바래

다주었다. 그곳에서 그녀는 나를 꽉 안았다. 나 역시 본능적으로 그녀를 품에 안으며 그녀의 등과 머리를 두 팔로 감쌌다. 그 순간, 그녀가 먼저 입을 열었다.

"고마워, 같이 힘내자."

그 말을 듣는 순간, 내 가슴속에서 뭔가가 부글거리며 치밀어 올랐다. 마치 멀어져 가던 할머니의 기억이 다시금 내 가까이 다가온 듯했다. 오늘 왜 여자 친구의 모든 행동이 이토록 마음에 걸리는 걸까? 그녀와 함께 힘을 내야 하는 이유는 무엇일까? 이 불쾌한 감정을 표출하고 싶은 충동을 느꼈지만, 나는 그런 마음을 억누르려 애썼다. 그것은 예의에 어긋날 수 있기 때문이다. 나와의 시간을 내어준 그녀에 대한 '예의' 그것이 전부였다.

"늦었다. 들어가라."

집에 도착한 나는, 입고 있던 옷들을 침대 위에 내던지고 욕실로 발걸음을 옮겼다. 샤워기에서 뿜어져 나오는 물줄기를 머리 위로 맞으며, 물소리에만 집중했다. 주변의 모든 소음이 사라지고, 오직 물소리만이 내 귀를 채웠다. 그리고 무언가를 떠올렸지만, 구체적이진 않았다.

대충 몸을 씻고 나와, 냉장고를 열어 캔 맥주 하나와 먹다 남긴 커피 땅콩을 꺼냈다. 평소 술을 찾아 마시는 타입은 아니었지만, 이처럼 혼자 조용히 시간을 보내며 즐기는 것을 가끔 좋아했다. 나는 핸드폰을 꺼내 SNS를 확인했다. 하지만 어제와 달라진 점은 없었다. 귀찮아서 답장을 보내지 않았기 때문이다. 모아뒀던 SNS에 메시지들을 처리하기 시작했다. 오래 걸릴 줄 알았지만, 순식간이었다. 그리고 공허하고 무의미한 무언가가 나를 덮쳤다. 그 존재들이 어디서 왔는지, 왜 나에게 다가왔는지는 알 수 없었지만, 그것들은 어딘가 친숙한 느낌을 주었다. 혼자 테이블에 앉아 맥주를 마시며 커피 땅콩을 먹는 나의 모습이 그들에 의해 그려졌다. 이는 나 자신과 대면하는 드문 시간 중 하나였다. 그 모습은 처량하고, 보잘것없는 남성의 모습이었다. 그리고 그런 나는 자문했다.

'뭐 해 먹고 사냐?'

무언가를 생각하면서도 실제로는 아무런 생각을 하지 않았다. 단지, 격하게 침대에 몸을 던져야겠다는 생각뿐이었다. 나는 침대로 향해 몸을 던졌다.

간만에 대규를 만나러 집을 나섰다. 마지막으로 만난 건 장례식장이었으니, 거의 한 달 만의 재회였다. 대규는 내가 가장 오랫동안 알고 지낸 친구다. 어림잡아도 20년은 족히 넘었다. 우리가 어떻게 친구가 되었는지, 어떻게 그렇게 가까워졌는지는 정확히 기억나지 않았다. 다만, 언젠가부터 우리는 문방구 앞에 있는 게임기 앞에서 시간을 보내고 있었다. 우리의 인연은 둘 다 그렇게 추억하고 있었다. 대규는 현재 대학생이었다. 한때 대학을 때려치우겠다며 떼를 썼던 시기도 있었지만, 결국 인생은 그의 떼쓰기로 달라지는 것이 아니었다는 것을 깨달았다. 우리는 함께 군에 입대해 재작년에 전역하기도 했다. 그래서 그런지, 사실 우리 사이에는 할 이야기가 그리 많지 않았다. 거의 매일 같이 연락하고, 매일 같이 만났으니까. 적어도 할머니가 돌아가시기 전까지는 그랬다. 막상 만나면 할 이야기가 별로 없을 것 같지만, 그런데도 나는 대규와 술 한잔을 기울이고 싶었다. 특별한 이유가 있어서가 아니라, 그냥 그러고 싶은 날이 가끔 있었다. 그래서 나는 먼저 연락을 걸어 약속을 잡았다. 어쩌면 그도 내 연락을 기다리고 있었을지도 모른다는 생각에, 나는 더욱 그에게 고마워했다. 그리고 그 순간, 우리의 옛 추억들이 떠올랐다.

할머니는 항상 대규를 보실 때마다 나에게 사이좋게 지내라는 말을 건네며, 주머니 속에서 사탕을 꺼내 그의 손에 쥐여주셨다. 나는 그런 할머니에게 그런 말은 지겹지 않으냐며 옆에서 불평을 늘어놓곤 했지만, 할머니는 나를 향해 가만히 있으라며 머리를 한 대 쥐어박고는 했었다. 할머니의 손길은 이럴 때면 매우 쓰라렸었다.

할머니는 이미 알고 계셨던 것 같다. 아니, 확신하고 계셨다고 해야 할까. 먼 훗날에도 우리 둘이 여전히 가장 친한 친구로 지내고 있다는 것을. 잡념을 잠시 접어두고, 나는 대규의 집으로 향하는 데 집중했다.

대규는 신이 난 목소리로 말했다.

"이번에 내가 좋아하던 여자애한테서 글쎄 연락이 온 거야…"

그의 말은 주저리주저리 뭐라고 하기는 하는데 딱히 영양가는 없었다. 나는 단지 "아… 그렇구나"를 반복하며 응답했다. 그리고 시간이 지날수록 같은 말을 하기 시작했다.

"내가 이거 말해줬나? 이번에 내가 좋아하던…"

"미친놈, 아까 말했잖아."

"아? 그랬나? 그럼 또 들어봐 중요해."

옛날부터 그의 수다스러움은 나를 지치게 만들곤 했다. 그렇지만 오늘은 술이 조금 들어간 탓인지, 대규의 말이 별로 신경 쓰이지 않았다. 오히려 그와의 대화가 즐거웠다.

술에 취한 대규는 우리 할머니에 관한 이야기를 시작했다. 살짝 눈치를 보는 듯했지만, 나는 그의 이야기를 듣는 것이 전혀 불쾌하지 않았다. 그의 이야기 속에서, 나는 할머니와의 추억을 되새기며 그 순간들을 그와 함께 떠올렸다. 그의 과거, 그러니까 그의 추억 속에 내가 존재했으니. 그의 추억은 나의 추억과 같이 그려 나갈 수 있었다. 같이 그려가는 추억… 비보 이후 처음으로 느끼는 작은 행복이었다.

나는 내가 언제 잠이 들었는지 전혀 기억할 수 없었다. 다만, 그 꿈속에서 머무르고 싶다는 간절한 바람만이 마음 속 깊이 남아있었다. 대규와 할머니와 나누었던 추억들이 꿈속에서 다시 한번 생생하게 되살아났다. 그리고 그 추억 속의 모습은 눈부시게 행복해 보였다. 할머니가 너무도 그리웠다. 어쩌면 나는 눈물을 흘리고 있었을지도 모른다. 이것이 꿈이라는 사실을 이미 인지하고 있었다. 나는 속으로 간절히 기도했다. '제발 깨어나지 마라' 영원하고 싶은 행복이었다.

"나도 데려가… 할머니."

잠에서 깨어났을 때는 이미 아침이 밝아 있었다. 대규는 이미 먼저 일어나 학교로 간 모양이었다. 꿈에서 무슨 일이 있었는지는 기억나지 않았지만, 그 꿈이 행복했다는 느낌만은 선명했다. 하지만 현실은 그 꿈과는 달리, 술병과 과자 가루로 어지럽혀진 방이었다. 머리는 마치 깨질 것 같은 고통을 호소했지만, 이 집을 내어준 대규를 생각해 뒷정리는 내가 해야 했다.

청소를 마치고 대규의 집을 나섰을 때, 이미 점심시간이 훌쩍 지나, 오후에 가까워져 있었다. 하지만 시간이 얼마나 흘렀는지는 중요치 않았다. 오늘은 아르바이트도 쉬는 날이었다. 핸드폰을 꺼내 메신저를 확인하는데 여자 친구에게 보낸 문자의 답장이 오지 않았다. 심지어 문자는 읽은 표시조차 없었다. 마음 한쪽이 신경 쓰이기는 했지만, 그보다는 지금 당장 해장이 먼저였다.

많은 이들이 해장에 좋다고 추천하는 국밥을 먹었지만,

나의 숙취는 그 맛을 받아들이지 못했다. 술기운이 가시지 않은 몸에는 그저 그런 맛이었고, 배를 채우는 것 외에는 큰 의미가 없었다. 그리고 집에 도착하기 직전에 여자 친구로부터 문자가 도착했다.

"오늘 잠깐 만날 수 있을까?"

그 메시지를 보는 순간, 나는 묘하게도 이번 만남이 마지막이 될 것 같다는 직감을 느꼈다. 한숨을 쉬며 답장을 보냈다.

"몇 시에 볼까?"

문자를 보내고 나니, 어딘가 마음 한구석이 답답하고 무거웠다. 그리고 다짐했다.

"그 순대국밥집, 다신 안 가."

알람 소리에 잠에서 깨어난 나는 몸은 깨어 있었지만, 정신은 여전히 잠의 경계에 머물고 있었다. 이 중간 상태를 넘어서야 비로소 제대로 깨어날 수 있었다. 침대에서 더 머물고 싶은 마음이 강했지만, 오늘의 일정을 끝나고 나면 다시 잠자리에 들 수 있을 것이라는 생각에 벌떡 일어났다.

여자 친구의 집까지는 걸어서 20분 정도 걸렸다. 이 거리가 조금 멀게 느껴질 수 있지만, 걸으면서 생각을 정리하기에는 적당한 시간이었다. 사실 나는 종종 우리 관계에 대해 고민해왔다. 헤어져야 할 필요성을 느꼈지만, 그 이유를 명확히 찾지 못했다. 여러 변명을 생각해보기도 했지만, 그 어느 것도 내 성향에 맞지 않았고, 비도덕적이라는 생각마저 들었다. 그렇다고 이렇게 무의미하게 관계를 이어가는 것도 나의 성향이 아니었다. 이런 생각에 빠질수록 더 깊은 고민의 늪에 빠지는 것 같았다. 하지만 이번 만남은 다른 경우였다. 생각할 필요가 없었기 때문이다. 있는 그대로의 상황을 받아들이고 오면 그만이었다.

'왜 나는 이런 고민을 하는 걸까?' 스스로 자문하기도 했다. 생각을 굳이 정리할 필요는 없었지만, 마음의 정돈이 필요하다고 느꼈다. 비울 것이 하나도 없는 것 같으면서도, 어딘가를 비워내야만 할 필요성을 느낀 것이다. 이 모든 고민이 결국 내 안의 무언가가 변화를 원하고 있다는 신호라고 생각했다. 그러나 이 모든 생각을 정리하기도 전에, 나는 이미 그녀의 집 앞에 도착해 있었고, 공원 벤치에 앉아있는 그녀의 모습이 눈에 들어왔다. 그녀를 보는 순간,

가슴속에서 살짝 떨리는 감정이 올라왔다.

그녀는 흰색 야구 모자를 깊게 눌러쓰고 있었고, 지퍼를 끝까지 올린 흰색 잠바를 입고 있었다. 바지는 보이지 않았지만, 쇼트 팬츠를 입었을 것이라는 짐작이 들었다. 눈에 띄게 빨개진 그녀의 손을 보며, 오래 기다렸을 그녀에게 미안함이 스쳐 지나갔다. 하지만 나는 약속한 시각에 맞춰 도착했으니 죄책감은 크지 않았다. 그녀는 나를 보며 굳은 표정으로 입을 열었다.

"생각보다 빨리 왔네? 나도 방금 막 나왔어."

그녀의 말이 거짓이라는 것은 분명했지만, 그것을 따지는 것은 의미가 없었다. 나는 직접적으로 본론을 물었다.

"무슨 일인데 그래?"

그녀의 표정이 금세 일그러졌다. 이제야 본론으로 들어가려는 듯했다.

"우리 헤어지자. 진짜 고민 많이 했어… 오빠도 힘든 거 알지만, 나도 너무 힘들어. 지쳤어…"

그녀의 말은 내가 직감했던 바와 일치했고, 예상했던 대로였지만, 실제로 듣게 되니 그 충격은 생각보다 컸다. 그녀의 울먹이는 얼굴을 바라보며, 나의 가슴이 더욱 아려왔다. 나는 최대한 평온한 표정을 유지하려 애썼다.

그때, 내 시야에 그녀의 발이 들어왔다. 양말도 신지 않고 슬리퍼를 신고 나온 그녀의 발이 빨갛게 부어 있었다. 아마도 공원이 집 바로 앞이어서 그런 것 같았지만, 봄임에도 불구하고 날씨는 제법 쌀쌀했다.

"그래, 그러자. 고마웠어. 진심으로… 빨리 들어가. 늦었다."

나는 그녀에게 마지막으로 인사를 건네며, 그녀가 빨리 따뜻한 곳으로 돌아가길 바랐다.

그녀는 내 대답을 듣고 뭔가 더 하고 싶은 말이 있는 듯했다. 아마도 내가 너무 쉽게 대답했다고 생각했을 것이다. 하지만, 나는 그녀가 결심한 것에 대해 더 이상 고민할 필요가 없었다. 우리의 마음이 이미 일치했기 때문이다.

그녀가 무언가 말하려 입을 열기 전에, 나는 뒤돌아 그녀를 등지고 걸어갔다. 그녀가 집에 빨리 들어가는 것이 마지막 배려이자, 나의 바람이었다. 그러나 나는 그녀에게서 멀어지기 전, 전봇대 뒤에 숨어 그녀가 안전하게 집에 들어가기를 기다렸다. 비록 우리가 헤어졌다 하더라도, 이 시간에 그녀가 공원에 혼자 남겨져 있는 것은 위험할 수 있었다. 내 마음 한편에서는 여전히 그녀를 걱정하는 마음이 남아있었다. 공원의 조용한 밤공기를 가르며 우는 듯한 소리가 나의 귀에 닿았다. 나는 분명히 그녀에게 빨리 집으로 들어가라고 했지만, 내 말을 전혀 듣지 않았던 것 같다. 근데 생각해보니 이제 내 말을 들을 이유도 없었다. 우리는 이제 남이니까.

집으로 걸어가는 길에 혼자 깊은 생각에 잠겼다. 그녀를 전봇대 뒤에서 몰래 지켜보는 나의 행동은, 정말 볼품없는 결말이었다. 어딘가 범죄자에 가까웠다는 생각마저 들었다. 하지만 나는 나만의 방식으로 나를 기다려준 그녀에게 어떤 형태로든 보답하고 싶었다. 이렇게 될 줄은 몰랐지만, 만약 기회가 다시 온다면, 다시 그녀를 만난다면, 그때는 제대로 보답하겠다고 다짐했다.

그렇지만 나는 또한 깨달았다. 서로 다시 만나지 않는 것, 그것이 바로 헤어진 남녀 사이에서 지켜야 할 보답이자 예의일지도 모른다는 것을. 나는 근처의 벤치에 앉아 하늘을 바라보았다. 그리고 그녀와 함께 보낸 어느 날, 그녀가 나에게 해준 말들을 되새겼다.

"밤하늘 가장 밝게 빛나는 별은 인공위성이래. 하지만 별인지 인공위성인지는 중요하지 않아. 중요한 건 지금 우리 둘을 비춰주고 있다는 거야."

그녀가 나에게 해준 말이 머릿속을 맴돌았다. 현실로 돌아와 나는 하늘을 올려다보며 가장 밝게 빛나는 점을 찾아보았다. 별일 수도, 인공위성일 수도 있는 그 빛. 그것이 무엇인지는 결국 중요하지 않았다. 중요한 것은 그 빛이 지금, 이 순간 외로움에 잠긴 나를 비춰주고 있다는 사실이었다. 그 사실만으로도 나는 위안을 얻었다.

그러나 이내, 이런 청승맞은 생각에 스스로 고개를 저었다. 만약 이 장면을 지나가던 누군가가 보았다면, 분명 실연의 아픔에 잠긴 사람으로 보였을 것이다. 나는 곧장 벌떡 일어나 집으로 향했다.

꿈을 꾸었다. 허허벌판 위에 서 있던 내가 주저앉아버렸다. 이젠 일어날 힘조차 없어 보였다. 그런 꿈을 꾸고 난 뒤, 이른 아침에 눈을 떴다. 꿈의 잔상이 무섭도록 선명했다. 그 꿈에 대해 좀 더 생각해보려 했지만, 몸은 다시 잠의 세계로 빠져들었다. 다음에 깨어났을 때는 알람 소리에 벌떡 일어나 앉아, 단지 벽지 무늬만 멍하니 바라보고 있었다. 이 집에서 벌써 4년을 살았음에도, 그 무늬를 처음으로 인식한 순간이었다. 알람이 다시 한번 울렸다. 아마 앉은 채로 잠이 들었던 것 같다. 나는 자신에게 마지막 세 번째 알람이 울리면 일어나 씻기로 다짐했다. 그런데 그 순간, 갑자기 벌떡 일어났다. 알람이 울리지 않았음을 직감했다. 핸드폰을 확인할 시간도 없이 바로 화장실로 향했다. 아르바이트에 늦었다는 생각에 급하게 움직였다. 그때, 알람이 울리기 시작했고, 핸드폰을 보니 세 번째 알람이었다. 안도의 한숨을 쉬며 변기에 앉아 볼일을 해결하려는 순간, 여자 친구와 헤어졌다는 현실이 갑자기 몰려왔다.

여자 친구와의 이별을 바라지 않았던 것일 수도 있었다. 그렇지만, 내 마음 한구석에서는 헤어짐이 가져다줄 안도감에 대한 기대가 있었다. 마치 무거운 짐을 내려놓을 것 같은, 그런 확신이 들었다. 실제로 헤어진 후에는, 마음에서 무언가가 실제로 가벼워진 것 같은 느낌이 들었다. 그것은 바로 여자 친구가 차지하던 공간만큼의 무게였다. 그녀가 떠난 자리는 텅 빈 깡통 같았다. 내용물은 없고, 요란한 소리만 났다.

망상에서 빠져나와 돌아온 순간, 변기에 그저 앉아있는 자신을 발견했다. 나의 마음은 오롯이 이별이 남긴 공허함과 그리움, 그리고 그와 함께 사라진 일상에 대한 허탈감으로 가득 차 있었다. 아르바이트는 안중에도 안 들어왔다.

할머니의 죽음을 견딜 수 있었던 것은, 오랜 시간 동안 마음속에 준비해온 단단한 마음가짐 덕분이었다. 할머니는 처음에는 비교적 건강하게 병원 생활하시다가, 병세가 점점 악화하면서 2년 동안은 거의 식물인간 상태로 지내셨다. 확인되는 건 그저, 할머니의 생존 여부뿐이었다. 나는 마음속으로 계속해서 자신에게 되뇌었다. '할머니가 내일 돌아가셔도 이상하지 않아.' 이런 생각을 반복하며 마음의 준비를 해왔다. 그러다가 그저 내일이 온 것뿐이었다. 여자 친구와의 이별에 대해서는 충분한 준비가 되어있지 않았던 것 같다. 할머니와의 이별을 버틸 수 있었던 것과는 달리, 여자 친구와의 이별은 나를 더욱 깊은 슬픔과 상실감으로 몰아넣었다. 준비되지 않은 이별은 예상치 못한 고통을 가져왔고, 그 상처는 생각했던 것보다 훨씬 깊고 오래 남았다.

성인이 되면서 나는 몇 가지 원칙을 가지고 살아왔다.

그중 하나는 '과거의 나는 최고의 선택을 했기에 후회하지 않는다'라는 것이었다. 이 원칙을 따라 나는 후회하지 않으려 노력했다. 후회를 인정한다는 것은, 결국 모자란 자신을 인정하는 것과 같으니까. 그러나 이별 앞에서 나는 항상 부족하고, 무능했다. 살면서 할머니에게 효도하는 삶을 살았다고 자부했다. 그러나 이제 와 남은 건 할머니께 더 잘해드리지 못해 한심하게 남은 나의 모자란 마음뿐이다. 여자 친구와의 관계에서도 마찬가지였다. 모자란 자신을 인정할 수밖에 없는 현실 앞에서는 후회가 의미 없었다. 나는 나약했다.

어디선가 누군가의 목소리가 들려왔다.

"형. 형! 뭐해요. 오버쿡(요리를 일정 시간보다 오래 익히는 일)이잖아요."

멍때리며 감자튀김만 튀기고 있었는데 벌써 퇴근 시간에 가까워지고 있었다.

시간이 흘러 벌써 가을에 접어들었다. 어느 정도 헤어짐과 적응해가고 있었다. 분명 그 과정은 쉽지 않았다. 술 기운에 그녀에게 전화를 걸거나 문자를 보내는 일이 종종 있었지만, 그녀는 한 번도 전화를 받지 않았고, 내가 보낸 문자는 아직도 읽지 않은 상태로 남아있었다. 언제나 창피함은 술에서 깬 오늘날의 나였다.

대규는 나에게 종종 대학교에 아는 후배를 소개해주겠다며 사진을 보여주곤 했다. 하지만 나는 아직 마음의 준비가 되지 않아서, 그의 제안을 거절했다. 나는 여성의 외모가 문제가 아니라고 여러 번 설명했지만, 대규는 내 말을 믿지 않는 것처럼 보였다. 그는 계속해서 새로운 여성의 프로필을 내게 보여주었다. 그런 끈기마저도 대규답다고 생각했다. 그가 요즘 들어 어두운 표정을 짓고 있는 것 같아 걱정됐지만, 내 착각이었나 싶었다.

아르바이트는 올여름에 그만두었다. 특별한 문제가 있어서가 아니라, 단지 해오던 일들에 대한 싫증이 갑작스럽게 찾아왔기 때문이다. 이제 와 돌이켜보니, 아마도 무더운 여름의 영향을 받았던 것 같다. 올여름의 더위는 단순히 불쾌한 것을 넘어서 짜증 나고 화가 날 정도였으니까.

나는 요즘 백수의 자유로움을 만끽하며 즐기고 있다. 물론, 돈 이야기가 나오지 않았을 때 이야기지만. 성인 남성으로서 들어가는 한 달 지출이 생각보다 많다는 것을 깨닫게 되면서, 현실의 무게를 느끼기 시작했다. 절약한다고 해도 불가피한 고정지출이 생각보다 많았다. 통장 잔액을 확인할 때마다 새로운 직장을 찾아야겠다는 다짐을 하게 되지만, 지금의 내 모습은 매번 다짐한 결과물이나 다름없었다. 자유롭고 행복했던 시간을 보낸 후로는, 몸이 그리 쉽게 움직여지지 않았다.

나는 그야말로 '가을이 살찌는 계절'임을 몸소 체험하고 있다.

최근 거리를 걸을 때마다 나는 자연스레 하늘을 올려다보는 습관을 갖게 되었다. 하늘 계신 할머니가 나를 지켜보고 계실지도 모른다는 믿음이 생겼기 때문이었다. 사실 나는 신이나 천국 존재를 믿지 않았다. 그렇지만, 믿든 안 믿든, 내가 손해 보는 것도 없었고, 어차피 선택해야 한다면 긍정적인 쪽을 택하는 것이 나을 것 같다는 생각이 들었다.

가을 하늘은 유난히 매력적이었다. 그중에서도 특히, 맑고 투명한 하늘을 가장 좋아했다. 그 텅 빈 모습이 어딘가 나와 닮았다. 텅 빈 듯하지만, 어딘가는 따뜻함이 숨어 있는 그런 느낌.

오늘도 나는 하늘을 바라보며 할머니께 인사를 건넸다. "할머니 오늘은 뭐 먹었어?" 물론 대답을 들을 순 없었다.

밤이 깊어가는 시간에 대규로부터 오랜만에 전화가 걸려 왔다. 나는 조금 의아해하며 물었다.

"무슨 일이야? 이 시간에?"

"아니 그냥… 내일 시간 좀 있나 싶어서."

"음… 딱히 없어. 왜?"

"잠깐 만날 수 있나 싶어서."

"그러지, 뭐."

나는 대수롭지 않게 대답했다. '굳이 이 시간에 전화로 이야기해야 했냐? 무슨 일이야?'라는 생각만 하고 말하진 않았다.

다음 날, 대규와의 만남을 위해 집을 나섰을 때, 비가 내리고 있었다. 우산을 챙길까 망설였지만, 맑은 하늘을 보아하니 비가 곧 그칠 것 같다는 생각에 그냥 나섰다. 그리고 나는, 할머니가 하시던 것처럼 하늘에게 조용히 말을 건넸다.

"그만 좀 울어요. 저 비 맞는 거 싫어해요."

어린 시절, 할머니는 때때로 이해할 수 없는 말씀을 하곤 하셨다. 그중 기억에 남는 것들로는 "문지방에 앉으면 복이 나가니 다른 곳에 앉아라." 또는 "밤에 손톱을 깎으면 쥐가 따라 한다." 등의 미신에 가까운 이야기들이었다. 그리고 할머니는 비가 오는 날이면 하늘을 바라보며 말했다.

"그만 좀 우슈."

그때 나는 궁금증을 참지 못하고 할머니에게 물었다.

"할머니 혼자 누구랑 말해?"

"누가 서글프게 울고 있나 보다. 위로해 줄 사람 한 명은 있어야지. 얼른 가자, 똥강아지."

할머니가 그 기도를 하면 거짓말처럼 비가 그치곤 했었다. 마치 마법처럼. 나는 비가 그쳤던 그날을 경험한 이후, 맑은 하늘에 비가 오는 날이면 하늘을 올려다보시던 할머니가 떠올랐다. 하지만 성장하며 깨달았다, 그 기도는 소나기나 여우비일 때만 했다는 것을. 그리움이 가득한 마음으로 할머니의 모습을 떠올리며, 나도 모르게 미소가 지어졌다. 비록 나는 더 이상 똥강아지가 아니었지만, 할머니와의 추억은 언제나 마음 한편을 따뜻하게 만들어 주었다.

시원하게 부는 바람, 촉촉한 공기, 그리고 비 냄새가 은은하게 퍼져 나갔다. 이 모든 것 위에 할머니와의 추억이 얹혀, 평범한 일상이 더욱 소중하게 느껴졌다. 마음이 가벼워져 폴짝폴짝 뛰고 싶은 충동을 느꼈지만, 조금 창피할 나이였다.

행복한 상상의 연속으로 약속 장소에 일찍 도착했지만, 그는 이미 한참 전에 도착한 모습이었다. 그는 평소와 다른, 깊은 어둠이 내려앉은 듯한 모습으로 앉아있었다. 그의 얼굴을 바라보고 있자니, 어딘가 낯익은 슬픔이 느껴졌다. 장례식장에서 본 듯한 얼굴. 바로 울다 지친 고모들의 모습과 비슷했었다. 나는 자연스럽게 대화를 시작했다.

"웬일이냐, 니가 카페에서 만나자고 하고?"

그는 바짝 마른 입을 열어 말했다.

"어머니가 쓰러지셨어."

*

그의 연락이 갑자기 줄어들기 시작했을 때, 나는 우리 사이에 무슨 일이 생긴 것인지 궁금해하며 친구들에게 이 사실을 알렸다. 그러자 친구 중 하나가 장난스럽게 말했다.

“야, 그거 분명 바람난 거야. 내가 저번에 겪은 그 미친 녀석 생각 안 나?”

옆에 있던 다른 친구도 그 말에 힘을 실어주었다.

“야, 혹시 요즘 유행하는 잠수 이별 아닐까? 완전히 남일처럼 상대를 무시하더라고.”

친구들이 농담처럼 바람을 피웠다고 하지만, 나는 그가 그런 사람이 아니라고 굳게 믿고 있었다. 비록 사귀기 시작한 지 얼마 되지 않았지만, 그가 이렇게까지 무책임하고 비도덕적인 사람이라고는 생각하지 않았다. 그가 만약 마음이 변했다 하더라도, 그는 연락을 완전히 끊어버리는 대신 먼저 헤어지자고 말할 그런 사람이었다. 그리고 그가 무언가를 구차하게 숨길 필요는 더더욱 없었다. 비록 괴상한 사람일지라도, 예의는 지키는 사람이니까. 친구들의 말을 듣고 있자니, 최근에 유행하는 잠수 이별일지도 모른다는 생각이 머릿속을 스쳐 지나갔다.

요즘 들어 주변에서 잠수 이별에 관한 이야기가 자주 들려왔다. 그것이 비록 구질구질한 방법이긴 하지만, 관계를 끝내고 새로운 시작을 원하는 사람들 사이에서는 효과적이라는 이야기도 들었다. 물론, 그런 이야기들은 대부분 행한 사람들의 입장이었다. 그리고 사실, 당한 사람의 심정은 굳이 듣지 않아도 느낄 수 있었다. 혼자 술을 마시며, 나는 이런저런 생각에 잠기기 쉬웠다. 그가 납치되었을지, 혹은 교통사고를 당했을지 등 오만가지 극단적인 망상이 머릿속을 스쳐 지나갔다. 하지만 나는 이런 비현실적인 생각들을 접어두고 보다 현실적인 가능성만 고민하기로 했다. 하지만 남는 것은 바람과 이별뿐이었다.

친구들의 질책 속에서 나는 마치 실연당한 것처럼 울적하고 외로운 기분에 휩싸였다. 사실 나는 헤어지라거나 포기하라는 말보다는 아직 끝나지 않았다는 희망의 메시지를 듣고 싶었다. 내가 이 자리에서 할 수 있는 것은 굳게 지킨 믿음을 잃지 않는 것. 단지 그뿐이었다. 그렇지만, 이 행위는 마치 선생님께 벌을 받는 듯한 느낌이 강했다. 잘못이 없어도 잘못한 듯한 기분이 사라질 기미가 없었다. 나도 조심스레 친구들에게 말했다.

“그런가? 그렇지만, 그런 사람이 아닌데…”

친구가 답했다.

“남자들은 다 똑같아. 본능대로만 움직이는 동물일 뿐이야. 네가 그 사람을 어떻게 다 안다고 생각해?”

듣고 보니 완전히 틀린 말도 아니었다.

“야, 됐어. 그냥 술이나 마시자.”

옆에 있던 친구가 말을 잘랐다. 그리고 나는 친구들과의 대화를 통해 깨달았다. 오늘 모임의 진짜 목적은 희망찬 말을 찾는 것이 아니라, 술에 의지하기 위해 온 것. 그들의 말대로 오늘은 목이나 축여야겠다.

어릴 적부터 생각이 많아질 때마다 나는 청소를 하는 습관이 있었다. 신기할 정도로 청소는 망각에 도움이 됐다.

하지만 오늘은 달랐다. 공부에 집중할 수 없어 물티슈 몇 장을 뽑아 책상을 닦으려 했지만, 분노가 치밀어 올라와 결국 바닥에 물티슈를 내던져버렸다. 그에 대한 분노가 머릿속을 가득 메웠다. '괘씸한 놈, 나쁜 놈!' 속으로 외쳤지만, 돌아오는 대답은 없었다. 나는 화가 나서 멋쩍게 서 있을 뿐이었다.

결국 이성을 찾기로 하고, 바닥에 흩어진 물티슈를 주워 다시 청소를 시작했다. 아직 확실한 것은 아무것도 없었고, 모든 것이 추측에 불과했다. 나는 일희일비를 반복했다. 적어도 다음 날 대규 오빠의 문자를 받기 전까지는.

대학교 강의가 끝나고 집으로 돌아가는 길에, 대규 오빠로부터 문자가 왔다.

민지야 갑자기 연락해서 미안해. 다름이 아니라 요즘 태규가 연락이 안 될 거야? 태규네 친할머니가 돌아가셔서, 지금 빈소를 지키고 있어. 그 녀석도 잘 지내고 있지는 않더라. 어제 조문하러 가서 이야기해보니까 친구들한테 할머니 부고를 일부러 안 알렸더라고. 너는 알고 있으면 좋을 거 같아서 이렇게 문자 남겨.

그의 문자를 읽고 나는 한동안 멍하니 서 있었다. 솔직히 할머님의 부고 소식은 나에게 그리 대수롭지 않은 일로 느껴졌다. 어릴 적 이미 할머니를 잃어 얼굴조차 제대로 기억하지 못하기 때문이었다. 그리고 한편으로는 분노했던 자신의 과거를 돌아보며 뉘우쳤다. 바람 따위 같은 하찮은 장난과 비교했다고 생각하니 낯부끄러웠다. 또한 동시에 그를 원망하는 마음도 들었다. 만약 그가 진작에 나에게만이라도 상황을 알려주었다면, 이런 오해는 생기지 않았을 테니까. 하지만 그는 속이 깊은 사람이니까, 이런 상황까지도 예상했을지 모른다는 생각이 들었다. 가끔 그를 보면, 텅 빈 벌판 위에 홀로 선 사람 같다는 생각이 들었다. 그의 모습은 외롭고 쓸쓸해 보였다. 그러나 그 분위기와는 달리, 그는 따뜻하고 남을 배려할 줄 아는 상냥한 사람이었다. 가끔 그의 행동들을 보며, 애늙은이 같다는 생각이 들곤 했다. 그렇기에 할머니의 부고를 나에게 알리지 않았을지도 모른다. 그는 고통을 나누면 그만큼 고통이 커진다는 것을 잘 알고 있는 사람이었다. 분명 그는 혼자 떠

안고 갈 생각이라는 직감이 들었다.

나는 대규 오빠에게 고맙다는 답장을 보냈다. 그를 위로해 줄 방법에 대해 생각했다. 하지만 남자 친구 가족의 죽음은 처음이었다. 심지어 며칠이나 빈소를 지키고 있다면 그와 할머니는 각별한 사이였다고 짐작했기에 더욱더 난해했다. 온종일 고민했지만, 결국 답을 찾지 못했다. 잠시 생각을 정리하고자 TV를 틀었고, 우연히 본 영화에서 학급 친구의 죽음을 애도하는 장면에서 영감을 얻었다.

"바로 저거야!"

굳이 어렵고, 어른스러운 문장을 만드는 것보다도 있는 그대로 나의 방법으로 위로하면 된다는 생각이 들었다. '정공법' 그게 나의 답이었다. 정답을 찾은 거 같아 기쁜 나머지 들뜬 마음을 숨길 수가 없었다. 들뜬 마음으로 핸드폰을 꺼내 문자를 작성하기 시작했지만, 적절한 말을 고르는 일은 여전히 어려웠다. 가볍게 건넬 인사마저도 쓰고 지우기를 반복했다. 정답을 알아낸 것 같으면서도, 그것을 어떻게 표현해야 할지 막막했다. 아무리 정답을 알아냈다고 하더라도 공식을 풀어가는 것은 쉽지 않은 일이었다. 나는 핸드폰을 꺼낸 채 다시 막다른 길에 서버렸다.

그가 문자를 보낸 지 며칠이 지나도 답장이 오지 않았다. 그가 답장을 보낼 시간이 없다고 스스로 위로했지만, 동시에 실패했다는 생각이 들었다. 하지만 그에게 보낸 문자를 준비하면서 겪었던 시행착오와 노력을 알고 있기에 자신을 믿었다. 그가 자주 하는 말, "과거의 나는 최선을 다했기에 후회하지 않는다"라는 말이 생각에 스쳤다. 아주 완벽할 정도로 이기적인 말이다.

며칠 뒤, 그로부터 답장이 도착했다. "고마워 조만간 연락할게." 솔직히 마음이 완전히 좋지만은 않았다. 기대했던 반응과는 거리가 멀었기 때문이다. 며칠 사이에 그의 마음이 식어버린 것인지, 아니면 지금 너무 피로해서 문자에 신경 쓸 여력이 없는 것인지 고민했다. 하지만 결국 그것은 중요하지 않았다. 포기하지 않는 한, 앞으로도 계속될 것이라는 확신이 있었기 때문이다. 만약 다시 돌아갈 수 있다면, 지금의 이 모든 어려움을 헤쳐 나갈 수 있을 것이다. 다시 돌아갈 수만 있다면…

그와의 첫 만남은 대학가 술집이었다. 당시에 나는 학

업에 시달리며 친구들과 함께 신세를 한탄하고 있었다.

“야, 얘들아. 솔직히 대학교 필요 없잖아. 그렇지 않냐? 배우는 것도 없어. 시간은 시간대로 들어. 심지어 돈은 돈대로 들어가잖아. 이게 나라야? 세상이야? 내 인생 대체 왜 이러냐…”

“그래, 그냥 마셔라. 마셔.”

그러자 나는 큰 소리로 외쳤다.

“으악! 다음 주에 시험이 있는데, 어떡하지. 진짜로 그냥 죽는 게 나을까?”

주위의 모두가 깜짝 놀라며 몸을 움츠렸다. 그리고 내 앞에 앉은 친구가 말했다.

“그래, 죽어버려. 죽는 게 나을 거야.”

그렇게 계속해서 술병을 비웠다. 다음 날, 친구로부터 전날의 사건에 대해 듣게 되었을 때, 나는 경악을 금할 수 없었다. 처음에는 전부 거짓말이라 여겼다. 친구가 찍은 영상을 볼 때까지만 해도 말이다. 친구들은 내가 얼마나 우스꽝스러운 모습을 보였는지 재미있다며, 그 순간을 실시간으로 영상으로 담고 있었다.

영상에서 나는 길을 지나가던 한 남성을 붙잡고 있었

고, 그 앞에서 토사물을 토해내고 있었다. 꿈이라고 해도 믿기 어려운 장면이었다. 당장이라도 어디론가 숨고 싶은 마음이었지만, 숨을 만한 곳은 어디에도 없었다. 결국 나는 친구에게 영상을 지워달라고 애원했다. 하지만 친구는 그 요청을 들어줄 생각이 없어 보였다. 나의 큰 약점을 잡힌 순간, 그 무엇도 할 수 없는 절망적인 상태에 빠졌다.

사실 확인 후, 친구가 받아둔 번호로 사과 문자를 보냈다. 어떤 일이든 변상할 용의가 있다는 내용이었다. 그러나 돌아온 대답은 "괜찮습니다."로 어이없을 정도로 간결했다. 빚진 것을 참지 못하는 성격 탓에, 나는 끈질기게 사과 공세를 펼쳤다. 이렇게 해서, 겨우 사과할 기회를 마련할 수 있었다.

약속된 날, 대학교 인근의 카페에서 만나기로 했다. 그 역시 이 주변에 사는 듯했다. 카페 진열창에 비친 나의 모습은 다소 초라해 보였으나, 굳이 멋을 부릴 필요는 없는 자리였다. 카페에 사람이 많아 서로를 알아보기 어렵지 않을까 걱정했지만, 다행히도 카페는 한적했다. 그리고 2층에서 그를 발견했다. 아직 그가 맞는지 확실치 않았으나, 몸이 저절로 반응하는 것 같았다. 가볍게 인사를 건네며 자리에 앉았다.

“저기, 안녕하세요?”

“아, 네.”

그는 가볍게 고개를 끄덕이며 대답했다. 나는 굳이 1층 자리 놔두고, 왜 2층에 자리를 잡았는지 묻고 싶었지만, 마음을 다잡고 가만히 있기로 했다. 나는 이 자리에서 피의자나 다름없으니까.

그는 손으로 턱을 받치며, 창밖을 응시하는 것에 집중하고 있었다, 나는 그런 그의 얼굴을 바라보기만 했다. 동그란 안경을 쓰고 있고, 쌍꺼풀이 없는 눈, 피부는 뽀얀 색을 띠고 있었다. 그의 옷차림은 대충 입은 듯한 느낌이 강했지만, 눈에 띄는 것은 그의 다부진 몸이었다. 양어깨가 넓게 펼쳐져 있어, 나를 세 명 합쳐도 그의 몸집을 채우기에는 역부족이라는 생각이 들었다. 키는 그리 크지 않아 보였지만, 작아 보이지도 않았다. 오히려 몸의 비율이 잘 맞아 보였다. 가장 중요한 것은, 생각보다 얼굴이 나쁘지 않았다는 점이었다. 꾸미지 않아도 될 자리라고 생각했던 나 자신이 조금 원망스러워졌던 순간이었다.

조심스럽게 그날 일에 대해 입을 열어보았다.

"그날은 정말로 죄송했습니다."

창문 밖만 주시하던 그의 시선이 나에게로 옮겨졌다. 정면으로 보니 역시나 그는 잘생긴 편이었다.

"신경 쓰지 마세요. 덕분에 저도 집에 빨리 갈 수 있었어요."

괴상한 사람이었다. 무언가 잘못 건드린 것 같은 느낌이 강하게 들었다. 그의 말이 무엇을 의미하는지 도저히 알 수 없었다.

"아, 다행입니다."

어색함에 빠져, 나도 모르게 '다행'이라는 말을 꺼내고 말았다. 그리고 우리는 아무런 말도 없이 가만히 앉아있었다. 그날의 잘못을 사과하고 모든 일을 인정하기 위해 온 자리였음에도 불구하고, 가만히 있는 것이 더욱 멋쩍게 느껴졌다. 멍하니 있던 그가 마치 해명하듯 갑자기 입을 열었다.

"그날은 아는 형들과 술을 마시고 있었는데, 계속 여자 얘기만 나와서 불편했어요. 그리고 살면서 겪기 힘든 진기한 경험이었습니다. 여러모로 감사합니다. 생각보다 재미있었어요."

그의 말이 나를 조롱하는 것 같기도 하고, 조롱과 거짓말로만 들리지 않을 정도의 진정성이 느껴지기도 했다. 그런데 그런 진정성 때문에 오히려 더 조롱하는 것처럼 느껴졌다. 나는 너무나 어이없어 말을 잃었다. 내 입꼬리에서는 미세한 떨림마저 느껴졌다. 정말로 웃기는 사람이었다.

우리는 몇 마디를 교환한 후, 그대로 헤어졌다. 집으로 돌아가는 길 내내, 나는 그에 생각으로 가득 차 있었다. 그가 무슨 일을 하는 사람인지, 몇 살인지 등 알고 싶은 것들이 많아졌다. 여자 친구의 존재 여부도 궁금했지만, 어쩐지 그는 혼자일 것 같다는 확신이 들었다. 그와 만남은 무언가 재미있었다. 하지만 그 모든 것 중에서도, 가장 큰 재미는 그의 얼굴이었다.

자신도 모르게 그에게 관심이 생겨난 나는, 사과를 핑계 삼아 그와 자주 약속을 잡았다. 내가 매달린다고 생각할지도 모르지만, 그렇게 생각한다면 그것이 오히려 좋았다. 왜냐하면 그것은 사실이니까. 나는 그에 대해 더 많이 알고 싶었다. 그를 알아갈수록, 보이는 것은 그의 장점뿐이었다. 그리고 점차 나는, 그에 대한 사랑을 깨닫게 되었다.

고백을 결심한 나는, 그에게 주말 만남을 제안하는 문

자를 보냈다. 그에게 시간이 된다는 답장을 받고, 나는 침대에 몸을 던져 기쁨에 뒹굴었다. 하지만 이럴 때가 아니라는 것을 알았다. 나에게는 무기가 필요했다. 나는 바로 그날 입을 옷과 액세서리를 사들이며 전장에 필요한 무장을 갖추었다. 모든 준비가 완료되었다. 이제 남은 것은 그 앞에 서서 내 마음을 고백하는 것뿐이었다.

심호흡을 한번 하고, 예약한 레스토랑의 문을 열고 들어섰다. 그는 이미 한참 전에 도착한 모습이었다. 시간 약속을 철저히 지키는 정직한 사람이니 당연한 일이었다. 나는 자연스럽게 대화를 시작했다.

"벌써 오셨네요?"

"네, 뭐. 오늘은 다른 약속이 없어서요. 근데 오늘은 무슨 특별한 일이라도 있나요? 여긴 비싼 곳이잖아요."

"제가 사과드린다고 했잖아요."

"그건 저번에 이미…"

그가 말을 이어가려 하자, 빠르게 내가 가로챘다.

"그건 그거고, 이건 이거죠!"

그는 못 말린다는 표정을 짓고서는 고개를 가볍게 저었다. 나는 그와 이런 소소한 대화를 나누는 순간조차 행복을 느꼈다. 콩깍지가 씌었다는 말이 머릿속을 스쳤다. 무서울 정도로 행복한 의미임을, 이제야 비로소 깨닫게 되었다.

식사를 마친 우리는 밖으로 나왔고, 해는 이미 지고 어둠이 깔리기 시작했다. 나는 그와 함께 소화도 시킬 겸 가볍게 걸어보자고 제안했다.

"소화도 시킬 겸 가볍게 걸어볼까요? 우리."

"그럴까요?"

그도 만족스러운 얼굴을 하고 있었다. 사실 나는 이 길을 따라가면 공원으로 이어진다는 사실을 알고 있었다.

자연스럽게 목적지가 없는 듯, 하염없이 땅만 바라보며 걷다가 그에게 말했다.

"옆길로 가면 공원이 나오는데, 거기로 갈까요?"

"마음대로 하세요-."

그의 태연한 반응이 너무나 귀여웠다. 우리는 말없이 공원을 걸었다. 그에게는 아무렇지도 않은 산책처럼 보였을지 모르지만, 나는 그 순간마다 고백할 적절한 순간을 고민하고 있었다. 하지만 기회를 먼저 잡히고 말았다.

"혹시 저 좋아하세요?"

"네?"

그의 뜬금없는 질문에 나는 깜짝 놀라며 쿵쾅대는 심장 소리를 느꼈다. 마치 정곡을 찔린 듯한 느낌이었다. 그가 말을 이어갔다.

"저는 잘 모르겠어요."

그의 말이 무슨 뜻인지 바로 이해할 수 없었지만, 동시에 그가 연애 고수인가 싶었다. 그리고 그런 그의 모습조차도 나에게는 사랑스러웠다. 나는 최대한 쉬운 모습을 보이지 않으려 노력하며, 고민하는 척했다.

"저는 그쪽 별로예요. 그러니까 이제부터 알아가야죠."

내가 내뱉은 말은 나조차도 이해하기 힘들었다. 준비했던 고백과 속마음이 뒤섞여 이상한 말이 나왔다. 하지만 그는 나를 향해 희미한 미소를 지어 보였다. 조금 창피했지만, 그가 웃는 모습에 내 기분이 좋아졌다. 그렇게 우리는 사귀게 되었고, 그와 함께하는 모든 순간이 나에게는 행복이었다.

그를 오랜만에 만난다는 설렘에 세 시간이나 일찍 일어나 준비에 들어갔다. 머리부터 발끝까지, 모든 것을 완벽히 준비할 각오가 되어있었다. 하지만 문득, 내가 너무 신경을

쓴 것을 그가 알아차리면 안 될 것 같다는 생각이 들었다. 결국, 계획했던 모든 준비를 내려놓고, 수수하게 차려입고 나갔다.

오랜만에 만난 그는 조금 야위어 보여 걱정이 앞섰지만, 그의 행동과 말투는 여전했다. 너무나도 반가운 마음에, 어떻게 해야 할지 몰라 그를 꼭 잡고 놓지 않았다. 그저 그와 함께 있는 것만으로도 큰 행복이었고, 재미있었다. 그의 웃는 얼굴을 보고 싶어서, 웃겨주려 애썼지만, 그리 쉬운 일은 아니었다. 오히려 그늘진 느낌이 더 강해졌다. 하지만 나는 포기할 수 없었다. 그를 위로해 줄 자격과 의무가 나에게 있었다. 나는 자신 있었다. 앞으로 그와 함께하는 나날들을 행복하게 만들어 줄 수 있다는 것을. 시간이 조금 걸릴지라도, 포기하지 않는 이상, 이야기는 결코 끝나지 않을 것이다. 언제든 다시 시작할 수 있으니까…

어느 날, 오랫동안 참고 숨겨왔던 내 마음의 상처가 점점 더 붉어지기 시작했다.

"대규네 집에서 술 마시느라 연락이 안 될 수도 있어."

그가 보낸 문자를 받았을 때, 나는 그의 상황을 이해하려고 노력했다. 술이 그에게는 삶을 견디게 하는 버팀목이

라고 생각했다. 하지만 문제는 그 마지막 문장이었다. '연락이 안 될 수도 있어.'

그 말은 너무 무책임했다. 지금까지 나의 기다림과 노력, 배려는 마치 존재하지 않는 것처럼 느껴졌다. 이 사실을 친구들과 나누었을 때, 거의 토론에 가까웠다. 맞은편에 앉은 친구가 먼저 말을 꺼냈다.

"야, 솔직히 안 좋은 일이 있을 수 있지. 근데 아무리 그래도, 너를 너무 무시하는 거 아니야?"

옆에 있던 다른 친구가 말을 이었다.

"맞아, 저번에도 그 일 때문에 그랬잖아. 네가 알았다면 오해하지 않았을 거야."

'내가 걱정할 걸 알기에 일부러 말하지 않은 거야.'라고 변명하고 싶었지만, 그것도 결국 내 추측일 뿐이었다. 또 다른 친구가 말을 이었다.

"솔직히 헤어지는 게 낫지 않을까? 그 사람 너무 이기적이야. 항상 자기중심이잖아."

"맞아. 넌 너무 착해서 문제야. 좀 이기적일 필요가 있어."

친구들은 헤어지라고 조언했지만, 내가 찾고자 하는 답

은 헤어짐이 아니었다. 헤어진다는 생각만으로도 나는 더욱 초라하고 비참해졌다. 그는 이미 소중한 사람을 잃었다. 그리고 나마저 그를 떠나보낼 수는 없었다. 내 마음은 갈등으로 가득 찼지만, 나는 그와의 관계를 포기할 수 없었다.

"그렇지만…"

내가 조심스레 꺼낸 말은 친구들의 반론에 부딪혀 돌아왔다. 마음이 흔들렸다. 지금까지 굳게 지켜왔던 것들, 믿고 싶었던 모든 것들이 한순간에 무너져 내렸다. 이 모든 게 욕심이었을까? 내 삶에서 누군가를 이렇게까지 사랑해본 적은 처음이었다. 단지 사랑받기를 원했던 나였다.

꿈을 꿨다.

꿈속에서 나는 유리 벽 앞에 멍하니 서 있었다. 거울처럼 반사되는 나의 모습이 무척 초라해 보였다. 아마도 나는 그 유리 벽을 깨지 않도록 오랜 시간 동안 애써 지켜왔을 것이다. 그러나 오늘, 나는 그 유리 벽을 깨고 나아가야만 했다. 수많은 유리 파편들을 밟으며 걸어와서인지 고통은 이미 익숙해져서 더 이상 아픔을 느낄 수 없었다. 내가 진정으로 원했던 것은 버티고 견디는 것이 아니었다. 헤어짐 따위가 아니었다. 사랑했던 그 사람에게 최소한의 예의를 지키는 것. 완벽한 이별이었다. 나는 한 장 남은 유리벽을 깨고, 그 위에 섰다. 더 이상 나아갈 길도 지켜야 할 무엇도 남지 않았다. 초라한 내 모습조차도…

잠에서 깨어나 정신을 차리고, 문자를 보내기까지 많은 용기가 필요했다. 그저 '만나자'라는 내용의 문자 하나에도 이전과는 비교할 수 없는 무게가 실려 있었다. 문자를 보내고 나자마자, 그로부터의 답장이 왔다. 내가 내린 결정, 내가 보낸 그 메시지가 그에게 닿았다는 생각에, 벌써 눈물이 고였다. 하지만 그를 만나기 전까지, 나는 이 눈물을 꾹 참아야만 했다. 나의 미련이나 마음을 보이고 싶지 않으니까. 동시에, 눈물은 더욱더 보일 필요가 없었다.

집에서 기다리는 것이 너무 답답해 약속 시간보다 30분 일찍 나왔다. 밤공기는 쌀쌀했지만, 그 추위가 오히려 내 정신을 맑게 해주는 데 도움이 되었다. 내가 이제 마주해야 하는 괴물은 내 마음속 깊은 곳까지 파고드는 비기를 가지고 있으니까. 그렇다고 겁먹을 필요는 없다. 그 괴물은 다름 아닌 나다. 약속 시간이 다가올수록 내 심장은 더 크게 요동쳤다. 심장이 쿵쾅대는 소리가 그에게까지 들릴까

봐 걱정되어, 잠바의 지퍼를 끝까지 올렸다.

그와 마주 앉아 몇 분간의 정적이 흐른 후, 나는 더 이상 기다릴 수 없다는 것을 깨달았다. 입을 열려는 찰나, 그가 먼저 마지막 대화를 시작했다. 그의 질문은 나를 혼란스럽게 만들었지만, 여기서 물러설 수는 없었다. 나는 용기를 내어, 우리의 끝을 이어갔다.

"우리 헤어지자."

헤어지자고 결심한 것은 나였지만, 그의 반응은 모든 것을 예상했다는 듯한 태도였다. 마치 오래전부터 헤어질 준비를 하고 있었다는 것처럼. 그런 그의 모습에 조금은 분노가 느껴졌지만, 그 분노가 핑계가 될 수는 없었다.

잠깐의 정적 후, 그는 내 결정에 응답했다. 나는 마지막으로 전하고 싶은 말이 있었지만, 그 말이 무엇인지조차 명확하지 않았다. 그는 망설임 없이 자리를 떠나갔고, 나는 멀어지는 그의 등만 바라볼 수 있었다. 내심 그가 한 번만 돌아봐 주길 바랐지만, 그는 단 한 번도 뒤돌아보지 않았다. 참고 있던 눈물이 결국 내 볼을 타고 흘러내렸다.

나는 소리 내어 울었다. 지나가는 사람들의 시선이 느

껴지는 듯했지만, 지금 순간만큼은 오로지 나 자신을 위한 시간이었다.

길을 잃었다고 생각한 나는, 유리 파편 위에 서 있던 것도 모자라 결국 주저앉아 버렸다. 조금 후회하고 있을지도 모른다. 그렇지만, 이건 내가 그토록 원해왔던 완벽한 이별이고, 자해였다.

바다를 옆에 두고, 목적지를 정하지 않은 채 나란히 걸었던 그 날. 그리고 하늘에 비친 별을 보며 말했던 그 말.

"밤하늘에 가장 빛나는 물체는 별이 아니라 인공위성이래. 하지만 인공위성인지 별인지는 중요하지 않아. 중요한 건 그 빛이 우리 둘을 비춰주고 있다는 거야!" 나는 저번에 책에서 읽은 문구를 그대로 그에게 읊었다.

그는 내 말에 웃음을 터트리며 나를 바라보았다.

"너 이번에도 준비해왔지?"

"이번엔 아니거든!"

나는 약간의 애교와 앙탈을 섞어 대답했다. 그렇게 우리는 하염없이 모래사장 위를 걸었다.

분위기를 멋지게 만들어 줄 말들이 계속해서 나의 입가

에 맴돌았지만, 이미 충분히 오글거린 것 같아 더 이상 말하지 않았다. 굳이 그런 말을 하지 않아도, 우리는 그 자체로 충분히 빛났고, 그 순간이 아름다웠으니까. 그리고 그가 말했다.

"춥다. 그만 들어가자."

짙은 밤이 깊어가고, 나는 그와 나란히 한 침대에 누워 있는 현실에 마음이 설렜다. 이 특별한 밤, 어쩌면 나의 첫 경험을 그와 나눌 수도 있다고 생각했다. 하지만, 곧 그의 코골이 소리에 현실로 돌아왔다. 그는 깊은 잠에 빠져있었다. 나도 모르게 터져 나온 혼잣말, "설마… 장난이지?" 그도 부끄러운 탓에 자는 척 연기하는 줄만 알았지만, 그의 정신은 이미 이승을 떠나간 것만 같았다. 내가 오늘 밤을 위해 속옷을 고르는 데 얼마나 많은 시간을 들였는지, 그가 알까 싶었다. 아마도 그는 평생 알지 못할 것이다.

그래도 그의 이런 모습이 그다웠다는 생각에, 나도 모르게 입가에 웃음이 번졌다. 우리가 함께한 그 추억은 마치 정들어버린 꿈만 같았다.

그와 헤어진 이후에는 다양한 일들이 있었다. 대학교

소개팅에 참석하고, 친구들과 함께 헌팅포차에도 가봤다. 친구들은 활기차 보였지만, 나는 마음속으로는 그다지 즐겁지 않았다. 많은 남자를 소개받았지만, 그들로는 내 마음의 공백을 채우기에는 부족하다고 느꼈다. 친구들은 내 이상형을 찾는 게 까다롭다고 생각했을지도 모르겠다. 하지만 나는 깨달았다. 지금 필요한 것은 새로운 만남이 아닌, 나 자신과의 시간이라는 것을.

그에게서 연락이 온 적도 있었다. 그때마다 마음이 살짝 아려왔지만, 그의 연락을 받을 수는 없었다. 아마도 조금은 흔들렸을지도 모른다. 하지만, 흔들려선 안 된다. 지금의 거리를 유지하는 것이 내가 사랑했던 사람에게 베푸는 마지막 예의니까.

*

요즘 들어 그의 연락은 뜸했다. 그는 본래 연락에 빠른 편이어서, 연락이 늦어지는 일은 거의 없는 사람이었다. 항상 빠르게 답장을 주던 그였기에, 연락을 쌓아두는 일은 그의 성격과 맞지 않았다. 그러나 지금은 이런 생각에 빠져있을 여유가 없었다. 중간고사가 다가오고 있어, 늦기 전에 열람실 자리를 확보하기 위해 서둘러야 했다.

열람실에서 공부에 집중하고 있던 찰나, 갑작스러운 부고 문자에 경악을 금할 수 없었다. 나도 모르게 내지른 소리에 옆에서 공부하던 학생들이 깜짝 놀라며 나를 쳐다보았다. 이 소식을 엄마에게 전했을 때, 엄마도 소스라치듯 놀라셨다. 할머니는 우리 가족에게 이웃을 넘어서, 친할머니와 같은 존재였다. 예전에 엄마가 교통사고로 병원에 입원해 계실 때, 아버지가 없던 우리를 위해 할머니께서는 병간호까지 직접 해주셨다. 우리 가족의 은인이자, 가족과 다름없는 분이셨다.

그 순간, 그 녀석이 걱정되기 시작됐다. 할머님의 죽음이 그에게 얼마나 큰 고통으로 다가올지, 나는 누구보다 잘 알고 있었다. 마음이 급해져 당장이라도 장례식장으로 달려가야만 했다.

장롱 속에서 검은 정장을 꺼내어 상태를 확인했다. 대학교 면접 이후로 한 번도 입지 않았던 정장이지만, 옷 커버에 쌓인 먼지를 제외하곤 문제가 없어 보였다. 단정하게 옷을 갈아입고, 미리 준비해둔 20만 원을 정장의 안쪽 주머니에 넣었다. 조의금은 홀수액이 예의라고 알고 있었으나, 애매한 금액보다는 깔끔하게 전달하는 것이 낫다고 생각했다. 그 돈은 내가 가진 돈을 모두 모아 마련한 것이었기에, 이번 달은 어떻게든 굶으며 버틸 수밖에 없다는 생각이 들었다. 나가기 직전, 엄마가 30만 원을 쥐여주며 말했다.

"잘 갔다 오렴."

뭔가 이 정도면 충분한 보답이라는 표정을 읽을 수 있

었다. 그러나 나는 알고 있었다. 녀석에게 필요한 것은 보답이 아니라는 것을. 최근 들어 엄마의 얼굴빛이 어두워 보인다는 사실을 눈치채고는, 걱정되어 물었다.

"응… 근데 엄마, 어디 아파? 요즘 안색이 너무 안 좋아 보여."

엄마는 그 말에 약간 당황하는 기색이었다.

"아, 그냥 감기 기운이 좀 있고, 꽃가루 때문에 기침도 조금 나는 거 같아. 별일 아니니까 너는 신경 쓰지 마. 얼른 나가봐. 기다릴 거야."

엄마의 말에 입술을 꾹 다물고 고개를 끄덕이며, 나는 현관문을 열고 밖으로 나섰다.

장례식장을 방문하는 것은 나에게 처음 있는 일이었다. 혼자서 가는 길이라 어색함과 더불어 쑥스러움이 밀려왔다. 도착하자마자, 그 쑥스러움은 더욱 강렬한 느낌으로 변했다. 장례식장 주변에서 풍기는 고요하고 엄숙한 분위기 속에서, 삶과 죽음의 경계가 뚜렷이 느껴졌다. 되도록 빨리 이 자리를 마무리하고 집으로 돌아가고 싶었다.

그 녀석이 있는 곳을 찾는 일은 생각보다 어려웠다. 상황이 상황인지라 전화로 위치를 묻는 것도 적절치 않았다. 부고 문자를 다시 한번 확인하며 애써 찾아다니다가, 마침내 그가 있는 곳을 찾았다. 발을 딛고 들어선 그곳은, 말로만 듣던 초상난 집이었다.

장례식장 안으로 들어서자, 그곳에는 그 녀석과 친척들로 보이는 몇몇 인물, 그리고 조문을 위해 온 소수의 사람만이 있었다. 나의 등장에 그 녀석은 잠시 얼굴을 찌푸렸다. 아마도 예상보다 일찍 도착한 나를 보고 놀란 것 같았다.

나는 조심스레 그 녀석의 어깨를 토닥여주었다. 특히나 가족 같은 존재였던 은인의 죽음은 내 마음을 더욱 아프게 했다. 눈가가 촉촉해졌을 수도 있었지만, 나는 여기서 눈물을 보일 역할은 아니었다. 나는 무엇보다도 그들을 위로하고, 지지해주어야 할 책임이 있었다. 마음속으로 눈물을 억누르며, 잡생각을 떨쳐내고 할머님의 영정 앞에 섰다. 이제, 예를 갖추어 조의를 표할 준비를 했다.

장례식장에서의 예절이 낯선 나는, 그 녀석의 도움으로 절차를 따랐다. 인터넷에서 미리 조사한 것과는 달리, 실제 상황에서는 예상치 못한 어려움이 있었다. 그러나 녀석은 차분하게 하나하나 설명해주었다. 그의 능숙한 모습을 보며, 나는 어딘가 기이한 기분을 느꼈다.

이어서 할머님께 두 번 절을 올렸다. 나는 영정 사진 속 할머님의 모습을 바라보고는 살짝 미소가 지어졌을지도 모른다. 할머님은 미소가 참 밝고 아름다우신 분이었다. 그 순간, 녀석이 할머님을 많이 닮았다는 생각이 문득 들었다.

조문 절차를 마친 후, 우리는 한쪽으로 자리를 옮겨 조용히 이야기를 나누었다.

마주한 녀석의 얼굴은 무척 야위었다. 내가 알 수 있는 것은 그거뿐이었다. 나는 녀석의 모습을 겉잡기 힘들었다. 아니 불가능했다. 그의 행동과 말투는 여전했지만, 표정은 깊고 공허함으로 가득 차 있었다. 나는 매우 조심스러운 목소리로 그에게 물었다.

"너 괜찮냐?"

나의 질문에, 그의 시선이 멀리 먼 곳에서 나에게로 돌아왔다.

"뭐, 버틸 만해. 너도 알다시피 옛날부터 몸도 매우 편찮으셨고, 연세도 많으셨잖아. 생각보다는 진짜 괜찮아."

그가 지금 하는 말이 거짓말 같지는 않았다.

"니가 그렇게 말한다면야…"

나의 말이 끝나자, 그는 다시 먼 산을 바라보는 것처럼 시선을 돌렸다. 내 앞에 있는 그가 마치 그와 똑같이 만든 인형 같다는 생각이 들 정도였다. 또, 나를 놀라게 한 것은 그의 정신력이었다. 다른 친척들은 슬픔에 지쳐 창백한 얼굴로 울음을 터뜨렸지만, 그의 얼굴에는 어떤 감정의 흔적도 보이지 않았다. 다른 사람들은 그를 냉정하다고 비난할지 몰라도, 나는 그가 이 죽음에서 가장 큰 희생자라는 것을 알고 있었다. 그의 정신력은 무서울 정도였다. 그를 다시 바라보며, 나는 다시 한번 그가 마치 인간이 아닌 기계와 같다고 생각했다. 나는 대화를 이어 나갔다.

"다른 친구들은?"

"어차피 할머니를 아는 애들도 없으니까."

"야 그래도 그렇지… 그럼 여자 친구는? 여자 친구한테는 말해줬고?"

"아니…."

그의 대답에는 조금의 망설임이 묻어나왔다. 마음속으로는 '그래도 여자 친구에게는 알려줬어야 하지 않았을까?'라는 생각이 떠올랐지만, 지나친 간섭이라고 판단했다.

녀석은 나를 포함한 소수의 사람에게만 부고 문자를 보냈다고 했다. 그 이유는 간단했다. 대부분 할머님의 존재조차 모르고 있었기 때문이었다. 이는 녀석답게 실용적인 생각이었다. 그리고 몇 마디를 더 나눈 후, 시간이 더 흐르기 전에 자리에서 일어나기로 했다.

"먼저 가볼게."

"응, 와줘서 정말 고마워. 나중에 연락할게."

친척들에게는 가볍게 머리를 숙여 인사를 건네고 장례식장을 떠났다. 나가면서, 녀석도 가볍게 고개를 끄덕여 나에게 작별 인사를 했다.

장례식장을 나서며, 나는 곧장 택시를 잡았다. 버스를 타고 가는 것이 너무 번거롭게 느껴졌고, 오늘만큼은 나 자신에게 작은 사치를 허락하기로 했다. 이번이 진정으로 마지막 사치라고 스스로 다짐하면서.

집으로 돌아가는 택시 안에서, 나는 깊은 생각에 잠겼다. 녀석을 제대로 위로해주지 못한 것 같아 마음이 아팠다. 인터넷에서 조문 시 유의해야 할 점들을 찾아보긴 했지만, 실제로는 그런 정보들이 큰 도움이 되지 않았다. 직접 그의 앞에 서보니, 어떤 말을 해도 그의 마음속 깊은 곳에 닿지 못할 것 같은 느낌이 들었다. 그와의 미래가 걱정되었지만, 나는 결국 녀석이 있는 그대로를 받아들이기로 마음먹었다. 돌아올 사람은 결국 녀석이니까.

앞으로의 시간이 얼마나 걸릴지 모르겠지만, 녀석이 스스로 힘으로 이겨낼 수 있다고 믿었다. 어릴 적부터 그는 언제나 신뢰할 수 있는 사람이었으니까. 전생에 사기꾼이었을지도 모른다는 생각이 문득 머릿속을 스쳐 가며, 나는 자신도 모르게 피식 웃음을 터뜨렸다. 그런 다음, 긴 한숨을 내쉬었다. 지치고 피곤하기도 하고, 돌아가는 길이 멀게만 느껴졌기 때문이다. 장례식장에서의 긴장감이 한꺼번에 풀리며 몸이 더욱 무거워진 것 같았다.

그러다 문득, 내가 한 말이 실수였음을 깨달았다. 할머님이 어딘가에서 듣고 계실지도 모른다는 생각이 스쳐 지나갔기 때문이다. 마음속으로 할머님께 조용히 사과의 말을 전했다.

“할머님, 죄송합니다.”

외식조리학과에 재학 중인 나는 솔직히 요리사의 꿈을

꾸지는 않았다. 그저 가끔 자기 손으로 만든 요리가 재미있어서 선택한 길이었다. 그러나 최근 들어 인터넷에서 손쉽게 찾을 수 있는 요리법과 시중에 넘쳐나는 완제품 요리들을 보며, '왜 조리학과에 들어왔을까?' 하는 회의감에 사로잡히곤 했다. 때로는 전과를 고민하기도 했지만, 끼니 해결에 있어 이 학과만큼 탁월한 선택은 없음을 인정해야 했다.

중간고사를 마친 기념으로, 오늘은 오랜만에 동기들과 함께 근처 술집에 모여 술을 마시기로 했다. 오랫동안 모인 적이 없었기에, 모두가 흥겨운 분위기에 휩싸여 있었다. 그때, 옆에 앉아있던 친구가 갑자기 말을 꺼냈다.

"야, 애들아, 이 정도면 교수님이 공부를 안 하셨어… 내가 공부한 부분은 하나도 안 나오고, 어떻게 시험 문제를 이렇게 내셨지? 형은 어떻게 생각해요?"

휴학을 여러 번 한 탓에 나보다 나이가 많은 학생이 드물었다. 나는 말을 아끼며 대답했다.

"글쎄…"

"형 또 우리 몰래 열심히 공부했죠? 아니, 이것도 정말 너무하네!"

동생의 말에 정곡을 찔린 기분이었다. 비록 열심히 공부했다고는 할 수 없지만, 이번 시험에서는 예상외로 좋은 결과를 얻었다. 나는 어색한 웃음만 지으며 술잔을 홀짝였다.

우리가 모일 때마다, 애들은 항상 나도 모르는 새로운 유행어를 가지고 왔다. 그리고 나는 점점 나이를 먹어가고 있다는 사실을 실감했다. 그들을 따라잡으려 애쓸 필요는 없었지만, 유행 자체를 모르는 것이 가끔 문제가 되곤 했다. 그래서 나는 매번 동기들로부터 새로운 유행어에 대해 교육받곤 했다. 이것도 이것 나름대로 흥미로운 시간이었다.

시간이 흐른 후, 많은 이들이 자리를 떠나고 소수의 인원만이 남게 되었다. 나를 포함한 이들 중 정상으로 보이는 사람은 거의 없었다. 내 몸은 집으로 돌아가길 간절히 원했지만, 정신은 아직도 맑아서 집에 가고 싶다는 생각이 들지 않았다. 그 순간, 나는 또 한 번 나이를 느꼈다. 이렇게 끝까지 남아있는 것 자체가 체력적으로 버거움을 느끼는 일이 되어버린 것이다. 20대 초반에는 밤새도록 마시고도 다음 날 또 술자리에 참여했었는데, 이제는 그런 일정이 꿈에서도 부담스러웠다.

그때, 맞은편에 앉아있던 여자애가 옆에 있는 남자애에게 불만을 토로하기 시작했다.

"나는 왜 남자 친구가 안 생기는 걸까… 야, 솔직히 말해서 나 정도면 괜찮은 편 아니야?"

그녀의 목소리에는 자조적인 농담과 진지함이 섞여 있었다. 옆에 있던 남자애가 나를 향해 공을 넘겼다.

"어… 대규 형이 좋은 답을 알려줄 거야!"

비겁하게도 나를 상황의 중심으로 밀어 넣은 것이다. 나는 어쩔 수 없이 대답을 꾸며냈다.

"내 친구 중에 잘생긴 친구가 있어. 기회가 되면 너 소개해줄게."

"정말이죠? 잘생긴 거 맞죠? 기대해요. 저…"

그녀의 눈빛이 반짝였다.

마음속으로는 '물론 거짓말이야'라고 고백하고 싶었지만, 굳이 그 말을 해봤자 내일이 되면 그녀도 기억 못 할 것이고, 그녀가 잠시나마 느낀 행복감을 깨뜨릴 수는 없었다. 우리는 그렇게 여기가 어디인지 옆에 누가 있는지도 모르게 술만 마셨다.

그로부터 한 달 후, 녀석으로부터 연락이 왔다. 간단하게 술이나 마시자는 제안이었다. 마침 집이 텅 비어 있었고, 오랜만에 녀석과의 재회를 생각하니 기쁜 마음으로 그의 제안을 받아들였다.

녀석이 예전처럼 일상으로 돌아온 그것으로 보였지만, 직접 마주하기 전까지는 알 수 없었다. 옛날부터 포커페이스가 뛰어났기 때문에 직접 본다고 해도 녀석의 마음을 읽기는 어려울 것이다. 장례식장에서도 그랬으니까. 찬장을 열어 숙취해소제를 미리 꺼내 먹었다. 녀석을 위한 것은 일부러 준비하지 않았다. 녀석이 굳이 정신을 차릴 필요는 없으니까. 오히려 정신을 잃는 편이 녀석에게는 좋다고 생각했다.

녀석이 술을 마시는 속도에 경악하며, 나는 숙취해소제를 미리 먹은 결정에 안도했다. 만약 그렇게 하지 않았다면, 나 역시 이 순간 이미 쓰러져 있을 수도 있었다. 녀석의 마음속이 어떠한지, 그 깊숙한 곳에 어떤 생각들이 숨겨져 있는지 이젠 궁금하지 않았다. 단지, 그냥 자고 싶었다.

녀석은 멈추지 않고 이야기를 이어 나갔지만, 동시에 손에서 술잔이 떨어질 기미는 보이지 않았다. 그 모습을 보고 내가 말했다.

"야, 너 지금 너무 세게 나가는 거 아냐? 나 못 따라가…”

그는 술잔으로 나를 가리키며 대답했다.

“누가 너보고 따라오라고 했어? 어린놈은 조용히 구석에서 지켜보기나 해.”

“니가 시작했다?”

어쩌면 나는 오기를 부렸을지도 모른다. 나는 녀석의 속도를 하나도 빠짐없이 맞추었다. 잠깐 정적이 흘렀고, 그의 이야기가 모두 소진된 것 같았다. 내 차례가 온 것 같아, 생각 없이 무엇이든 말하기 시작했다. 그는 내 이야기에 대답하지는 않았지만, 계속 고개를 끄덕였다. 나는 그가 한 귀로 듣고 한 귀로 흘리고 있다고 확신했다. 역시 그도 인간이었다.

우리의 대화는 계속되어 과거에 닿았다. 우리는 술을 마실 때마다, 옛날이야기를 하지 않는 적이 없었다. 시간은 앞으로만 흘렀지만, 우리는 점점 과거로만 거슬러 올라갔다. 그러다 보니, 어느새 나도 모르게 할머니의 이야기를 꺼내고 있었다.

“아, 맞아. 예전에 너희 할머니가 나한테 해주신 거 있잖아”

그 순간, 이미 늦었다는 생각이 들었다. 이 이야기를 다시 담을 수는 없을 것 같았다. 머리에서는 마치 땀방울이 흐르는 것 같은 느낌이 들었다. 그러나 그는 내 말에 이어서 덧붙였다. 그는 미소를 지으며 대답했다.

"그랬지."

심지어 그는 웃음을 터뜨리며 더 많은 이야기를 꺼냈다. 나는 할머니와 관련된 이야기로 계속 나아갔다. 이야기를 꺼낼수록 그의 기분이 풀리는 것 같아 나도 기뻤다. 동시에, 마치 무언가를 성취한 기분이 들었다. 언제 잠이 들었는지 기억나지 않았다. 눈을 떴을 때 마주한 것은 어지럽혀진 방과 깨질 듯한 두통뿐이었다. 오기를 부린 나 자신이 원망스러웠다. 그리고 마주한 현실은 지금 당장 학교에 가야 한다는 것이었다. 다시는 과음하지 않겠다고 다짐했다.

녀석은 책상에 엎드린 채로 잠들어 있었다. 그가 중얼거리는 소리는 있었지만, 그 내용을 해석할 능력은 나에게 없었다. 녀석을 깨우려고 다가가 보았지만, 그 일이 쉽게 될 것 같지는 않았다. 주변은 빈 술병과 흩어진 과자들로 심각할 정도로 지저분했고, 바닥에는 축축한 이물질이 있어 마치 시궁창 같았다. 뒷정리를 고민해 보았으나, 곧 필요 없다는 결론에 도달했다. 왜냐하면, 청소는 결국 녀석의 몫이니까.

녀석을 흔들어 깨우려 했지만, 그는 너무나도 행복해 보였다. 아마 좋은 꿈을 꾸고 있었을 것이다. 그렇기에 깨울 필요는 더욱더 없었다.

강의 내용은 기억나지 않았다. 애초에 듣지 않았으니까. 나는 다시 한번 과거의 나를 원망했다. 그리고 또다시 금주를 다짐했다. 하지만 지금, 이 순간 필요한 것은 원망이나 금주가 아니라 수면이었다. 집에 가서 바로 잠자리에 들어야만 했다.

잠에서 깨어난 시간은 새벽 두 시에 가까웠다. 예상보다 오래 잤지만, 여전히 졸린 상태였다. 핸드폰을 확인하니 녀석에게서 문자가 와 있었다. 여자 친구와 헤어졌다는 내용이었다. 사실 예상한 결말이었다. 녀석에게 정말 필요한 것은 여자 친구가 아니었으니까. 답장을 보내려고 '확인' 버튼을 누를 즈음, 나는 다시 잠에 빠져들었다.

언제부터인지 모르겠지만, 엄마의 얼굴색이 점점 안 좋아 보이기 시작했다. 방에서 혼자 기침하는 소리도 종종 들렸다. 환절기에 감기 걸리는 건 흔한 일이니, 크게 걱정하지 않으려 했지만, 어느샌가 걱정이 앞서기 시작했다. 약국에서 진통제와 기침약을 사다 드렸지만, 증상이 호전되기는커녕 더 악화하는 듯했다. 엄마를 걱정하긴 했지만, 내가 나서서 무언가 할 일은 아니라고 스스로 달랬다. 엄마도 어른이니까, '자기 몸은 자신이 가장 잘 알겠지' 하고 생각했다.

녀석에게는 이상한 술버릇이 생긴 것 같았다. 헤어진 그녀에게 전화와 문자를 끊임없이 시도하는 것이었다. 그 뒤처리는 매번 나의 몫이 되었다. 저번에는 같이 취해서, 나의 핸드폰으로도 그녀에게 연락을 시도했다. 그 사건 이후, 나 자신도 정신을 차리지 않으면, 이런 행동이 민폐가 될 수 있다는 것을 깨닫고 술을 최대한 적게 마시려고 노력하기 시작했다. 녀석이 내가 겪는 고충을 이해할지는 모르겠지만, 한동안은 그냥 놔두기로 했다.

녀석의 상태가 예상보다 오래 지속되는 것 같았다. 깔끔하게 헤어졌다고 들었지만, 녀석에겐 여전히 미련이 많아 보였다. 그 빈자리가 생각보다 크게 느껴지자, 저번 술

자리에서 불평불만을 토로하던 학교 후배를 소개해주기로 결심했다. 처음엔 그녀에게 거짓말을 한 것 같아 죄책감이 들었으나, 어느새 현실이 되어버렸다. 그러나 녀석의 마음을 사로잡기엔 부족했다. 다른 후배들을 몇몇 소개해보았지만, 녀석은 한 번도 관심을 보이지 않았다. 녀석의 마음에 드는 이를 찾기가 어려웠다.

술버릇이 고쳐진 것 같았을 때, 녀석에게서 새로운 버릇이 나타났다. 혼자 하늘을 보며 중얼거리는 것이었다. 처음엔 그 모습이 섬뜩해 무슨 일인지 물었지만, 매번 기도한다는 대답이 돌아왔다. 거의 정신병에 가깝게 느껴졌다. 그 모습에 더욱더 나는 녀석을 위해 다른 후배를 찾아다니느라 바빴다. 여자가 녀석에게 필요한 치료제라고 생각했기 때문이다.

집으로 돌아가는 길에 오랜만에 여동생한테서 전화가 왔다. 동생은 대학 때문에 지방에서 생활하고 있었다. 반가운 마음을 감추고 전화를 받았다.

"웬일이야, 네가 전화를 다 하고,"

아무런 대답이 없어 장난 전화인 줄 알고 끊으려 했지

만, 이내 동생의 목소리가 들렸다.

"엄마가 쓰러지셨어."

스스로 찾는 행복

지방에 살고 있던 동생이 집에 도착했을 때, 이미 어머니는 쓰러져 있었다고 한다. 당황한 동생은 곧장 그에게 연락했고, 그는 바로 119에 전화를 걸었다고 한다.

"뇌종양이라는데… 위치가 괜찮아서 수술하면 좋아지실 수 있지만, 완치를 보장할 수는 없대."

"그래? 그럼 일단 빨리 수술해야겠네."

그가 대답했지만, 이내 말문이 막힌 듯했다. 그리고는 조심스럽게 나에게 부탁했다.

"그래서 그런데… 나 좀 도와줄 수 있을까? 한 2천만 원 필요해."

그는 아무런 대비도 준비하지 못한 것 같았다. 2천만

원이라는 상당한 금액이었지만, 어머니를 위해 무엇이든 해야 한다는 마음이 들었다. 나에게 그녀는 단순한 이웃집 아줌마가 아니었다. 보험금을 물어보고 싶었지만, 차마 입 밖으로 말할 순 없었다. 그리고 녀석의 얼굴에서 사태의 심각성을 읽을 수 있었다.

결국 나는 녀석을 위해 병원비를 결제해주기로 했다. 그는 내게 미안해했지만, 나는 오히려 그에게 고마움을 느꼈다. 돈을 빌려달라고 직접 나선 것은, 친한 친구 사이라 할지라도 많은 용기가 필요한 일이니까.

나는 녀석과 의사 사이의 대화를 우연히 엿들었다. 의사는 수술이 잘 끝났다고 말했지만, 환자가 언제 깨어날지는 확답을 줄 수 없다고 했다. 그 말을 남긴 채 의사는 그 자리를 떠났다. 나는 그 말이 다소 무책임하게 들렸지만, 우리가 의지할 수 있는 사람은 오직 의사뿐이었다. 우리는 상황을 지켜볼 수밖에 없었다.

그리고 우리는 병원 로비로 나와 이야기를 나눴다.

"고마워, 네 덕분에 수술은 잘 마무리됐어. 돈은 내가 최대한 빨리 마련해서 갚을게."

"너무 무리하지 말고 천천히 갚아. 급한 일 없어. 나는…"

녀석이 돈을 빨리 갚는 것이 거의 불가능하다는 것은 이미 알고 있었다. 그의 가정 상황은 극도로 어려웠다. 그의 가족은 단 세 명뿐이었고, 어머니는 보육원 출신으로 다른 가족이 없었다. 아버지는 어릴 적에 이혼한 뒤 행방이 묘연했고, 동생은 아직 학생이라 경제적으로 이바지할 여력이 없었다.

내가 돈을 천천히 갚아도 된다고 말한 것은 진심에서 우러난 말이었다. 성인이 된 후 줄곧 아르바이트하며 모아둔 돈이 생각보다 많았고, 고모에게서 받은 돈도 있었다. 나는 단지 해야 할 일을 했다고 생각할 뿐이었다.

병실에서 누워 계신 어머님의 모습을 보며, 과거 할머니의 모습이 떠올랐다. 그 과거는 마음이 편하지 않았던 순간들로 가득 차 있었다. 그리고 녀석의 야윈 얼굴 또한 안쓰러웠다. 그의 상황에 대해 깊이 공감했기 때문에 그의 걱정이 나에게도 느껴졌다.

나는 다음 날이 되자마자 병원에 방문했다.

그리고 그가 나를 보며 인사를 건넸다.

"어, 왔어?"

"응, 잠깐 들렀지. 동생은 어디 갔어?"

"다시 지방으로 내려갔어. 솔직히 여기 있어봤자 걔는 방해만 더 되잖아. 도움 안 되니까 학교나 가라고 했지."

그의 말이 다소 심하게 들릴 수 있었지만, 그것은 동생을 위한 그의 마음에서 비롯된 것임을 알 수 있었다. 하지만 동생 역시, 도움이 안 된다는 현실을 순순히 인정하고 따랐을지도 모른다. 나도 한때 그랬으니까.

"밥은 먹었냐? 뭐 좀 사다 줄까?"

"아니, 밥맛도 없어."

잠깐의 정적이 흐른 후, 그가 다시 입을 열었다.

"나 다음 주부터 출근해. 이제 당분간 보기 힘들 거야. 너한테 빌린 돈 빨리 갚아야지. 엄마는 간병인을 붙여놨어. 그래도 종종 뵈러 와주라."

"너무 걱정하지 마라."

녀석이 어머님을 직접 간호하려고 했으나, 어머님이 여성이시라는 점을 고려하여 결국 간병인을 따로 구했다고 한다. 나도 그 결정에 찬성했다. 내가 계속해서 돈 문제는 신경 쓰지 말라고, 천천히 갚아도 된다고 말했지만, 그는 내 말을 듣지도 않는 것 같았다. 그의 눈에는 다른 것이 보이지 않는 듯했다. 하지만 나는 그의 마음을 이해하고 있었기에, 그의 결정을 존중하기로 했다. 나는 단지 어머님의 빠른 회복만을 바랄 뿐이었다. 녀석이 돌아오는 방법은 그것뿐이었다.

어릴 적 그는 어머니를 유난히 따랐다. 마마보이라는 말이 딱 어울렸을 정도로. 어린 나이에 당연한 일이겠지만, 그는 내가 장난삼아 한 행동이나 말을 어머니에게 모두 고자질했다. 그런 그가 때로는 비겁하게 보이기도 했다. 그렇지만 우리 사이엔 많은 공통점이 있었다. 비슷한 게임을 좋아했고, 입맛도 잘 맞았다. 무엇보다 우리는 한부모가정이라는 큰 공통점을 지녔다. 그래서 우리는 서로를 더욱 믿고 의지했을지도 모른다. 내게 그의 어머니는, 그에게 나의 할머니는 단순한 이웃을 넘어서 가족 같은 존재였다.

세상의 불공평함이 갑자기 내 마음을 짓눌렀다. '왜 하필 나인가?' 혹시 내 주변에 나쁜 기운이 도는 것은 아닐까, 내가 화근인 것은 아닐까 하는 생각이 들었다. 내 주변 사람들이 겪는 불행이 모두 내 탓인 것만 같아 하늘을 우러러 욕설을 내뱉었다.

"젠장, 비겁한 놈."

물론 신의 존재를 믿지 않았다. 그리고 중요하지도 않았다. 하지만 때때로 나는 누군가에게 장난감처럼 가지고 놀림당하는 것 같은 느낌을 지울 수 없었다. 어딘가에 숨어 나를 지켜보는 듯한 느낌이 끊임없이 나를 괴롭혔다. 이 모든 불행과 분노를 향해 분출할 대상이 필요했다. 그래서 나는 신을 탓하기로 했다. 자신을 탓하는 것보다는 차라리 신을 원망하는 것이 더 쉬웠으니까.

집에 돌아와 침대에 누워, 핸드폰 속 중학교 졸업 사진을 바라보았다. 그 사진 속에는 나의 아버지, 할머니, 그리고 그의 어머니와 동생, 우리 둘 모두가 함께 찍혀있었다. 묘하게도 두 가정이 모여서 찍었지만, 우리는 한 가정처럼 보였다. 우리 모두 그 사진 속에서는 너무나 젊고 행복해 보였다. 시간이 얼마나 빠르게 흘러가는지, 그리고 그 속에서 변해가는 우리의 삶에 대해 새삼스러운 감정이 밀려왔다. 하지만, 우리는 현실과 마주해야만 했다. 아무리 힘들고 아파도, 살아가야만 하는 것이 산 사람들의 운명이었다. '죽지 못해 살아간다.'라는 말이 머릿속을 맴돌았다. 그것이 산 사람의 숙명이었다.

다시 한번 그의 어머니가 입원해 계신 병원을 찾았을 때, 그의 모습은 보이지 않았다. 대신, 그녀의 곁을 지키고 있는 간병인 아주머니가 나를 맞이했다. 아주머니는 내가 들어서는 순간 잠시 눈길을 주며, 나의 존재를 가늠하는 듯했다.

"아들 친구입니다. 지나가다가 잠시 들렀어요."

"아, 그렇군요. 여기 옆자리에 앉으세요."

"아닙니다. 저는 바로 가야 해서요."

나는 오는 길에 사 온 과일 주스를 조심스레 건넸다.

"부디 잘 부탁드립니다. 걱정이 태산이거든요."

"네, 그럼요. 안심하세요."

간병인 아주머니의 인상이 참으로 따뜻하고 친절해 보였다. 전문간병인 업체를 통해 그녀를 고용한 것 같았다. 사실 이 병원을 찾은 진짜 이유는 요즘 들어 연락이 잘되지 않는 그를 만나보고자 함이었다. 마음 한구석에 불편한 예감이 자리 잡고 있었다.

어머니께서 누워 계신 모습은 여전했다. 조용하고, 평온한 듯 보였지만, 여전히 알 수는 없었다. 어머니가 깨어나지 않으신 모습을 보며, 과일 주스를 사 온 것이 문득 무의미하게 느껴졌다. 하지만 빈손으로 오는 것보다는 나았으니, 그나마 다행이라 여겼다.

간병인에게 그의 소식을 물었지만, 그녀도 많은 것을 알지 못하는 것 같았다. 단지, 요즘 일이 바빠 병원에 자주 오지 않는다는 것 정도였다. 내 우려와 예감이 틀리지 않았음을 깨달으며, 그가 무슨 일에 치여 사느라 바쁜 건지, 아니면 다른 이유가 있는 건지 알 수 없었다. 분명한 것은, 그 역시 이 모든 상황 속에서 힘겹게 버티고 있을 것이라는 점이었다.

죽은 자의 기분은 모르지만, 적어도 살아있는 자들의 마음은 처참했으니까. 하지만 아직 그의 어머니는 돌아가시지 않았다. 희망적인 일인지도 모르지만, 나는 그런 짧은 희망을 싫어했다.

이미 경험해본 바 있기에, 그 짧은 희망이 얼마나 불쾌하고 괴로운 것인지 잘 알고 있었다. 하지만 이번만은 굳게 믿고 있었다. '제발' 이번만큼은 내 소망이 이루어지기를 간절히 기도했다. 녀석에게 연락을 시도했지만, 예상대로 닿지 않았다. 그의 불응에 잠시 실망했지만, 그를 뒤로하고 나는 다른 일정을 소화하기 위해 탁구장으로 발길을 옮겼다. 오늘은 오랜만에 지인과 탁구 약속이 있었다.

나는 중학교 시절부터 탁구를 좋아했다. 선출 정도의 실력은 아니었지만, 나름대로 자부심 있는 스포츠 중 하나였다. 녀석에게도 함께 탁구를 쳐보자고 권유했지만, 그는 항상 내 제안을 외면했다. 축구나 농구와 같은 다른 스포츠에 더 큰 흥미를 보이며, 하체의 중요성을 강조했다. 나는 탁구 역시 하체의 역할이 중요하다고 수없이 설명했지만, 그는 내 말에 귀 기울이지 않았다.

탁구에서의 섬세한 볼컨트롤에 매료된 나는, 드라이브와 커트를 주고받을 때 느껴지는 짜릿함을 좋아했다. 또한, 섬세한 힘 조절은 나의 일상생활에도 큰 도움이 되었다. 불필요한 힘을 줄이고, 중요한 순간에 힘을 집중하는 방법은 탁구뿐만 아니라 다른 스포츠나 일상에서도 유용하게 활용되었다. 하지만 성인이 되면서 일상의 바쁜 흐름 속에 탁구는 점점 멀어져 갔다. 굳이 변명하자면, 아르바이트하느라 바빴었다. 구차하지만, 내 나름 사실이었다.

오랜만에 탁구를 함께 즐겼던 지인과 연락이 닿았다. 그리고 우리는 다시 탁구대 앞에서 만났다. 시간이 흘렀지만, 그는 여전히 탁구에 열정을 불태우고 있었고, 그 사이 그의 기술은 한층 더 세련되어 있었다. 볼컨트롤과 감각이 한층 더 부드러워진 것은 물론, 볼을 치는 힘까지 강력해져 있었다.

경기에서 질 것이라는 예상은 맞았지만, 점수 차이가 크게 벌어지지 않았다는 사실에서 나는 어느 정도 만족감을 느꼈다. 실제로, 이 정도의 성과는 과분했다. 오랜만에 하는 스포츠의 감각은 쉽지 않았다. 손목은 뻐근했고, 허벅지는 마치 돌처럼 단단해져 부어올랐다. 그리고 숨쉬기조차 버겁게 느껴졌다. 아마 내일 근육통이 심할 것 같았다.

그가 시원한 스포츠음료를 건네며 나의 근황을 물었다.

"요즘 무슨 일 있나? 모습 보기가 힘드네?"

"그냥, 일이 좀 많았어요. 이제 다시 종종 나올 겁니다. 잠깐 못 뵌 사이에 실력이 많이 는 것 같은데요?"

"자네야말로 몰래 딴 곳 가서 개인 지도받고 오는 거 아니야?"

"에이, 설마요. 덕분에 잘 쳤습니다."

스포츠음료를 마시니 긴장했던 근육이 서서히 풀리기 시작했다. 이제는 일어나는 것조차 힘이 들 정도였다. 휴식을 취하며 핸드폰을 확인하다 보니, 그동안 연락이 뜸했던 녀석에게서 문자가 도착해 있었다.

미안하다. 요즘 일이 바빠서 연락하기가 힘들어. 요즘 인력사무소에서 막노동하고 있거든, 걱정은 마라 형이 체력 하나는 봐줄 만하잖아. 생각보다 괜찮아 정말이야. 그리고 오늘 병문안 왔다면서 고맙다.

메시지를 받고, 마음 한편에서는 안도의 숨을 내쉬었다. 그동안의 걱정이 조금은 가셨다. 문자에서 그가 현실을 직시하고 앞으로 나아가려는 의지가 엿보였기 때문이었다. 그런 그의 태도가 마음을 놓이게 했다. 그에게 장난기 어린 답장을 보냈다.

"대체 누가 형이냐. 생일도 내가 더 빨라, 인마."

최근 들어 같은 꿈의 반복에 시달리고 있었다. 꿈의 내용은 매번 깨어난 후 흐릿해져 기억에서 멀어졌지만, 분명한 것은 그 꿈속에는 항상 할머니와 나 자신이 등장한다는 사실이었다. 꿈이 좋은 것인지, 아닌지조차 분별할 수 없었으며, 꿈에서 깨어난 뒤의 기분은 전혀 상쾌하지 않았다.

나는 어려서부터 나는 할머니 손에 자랐다. 그 이유는 단순했다. 나에게는 어머니가 없었다. 어머니가 돌아가셨는지, 아니면 이혼하셨는지조차 알지 못했다. 아버지 또한 일로 인해 집에 거의 들어오지 않았고, 한 달에 한 번 얼굴을 볼까 말까 했다. 그러니 나의 생활은 할머니와의 단둘이었다고 해도 과언이 아니었다.

할머니의 요리 솜씨는 정말 뛰어났다. 만드시는 요리의 종류는 많지 않았지만, 할머니의 손을 거친 음식은 언제나 맛있었다. 한번은 대규가 우리 집에 놀러 왔을 때 할머니께서 직접 저녁을 준비해주셨다. 그날 이후로, 대규는 그 음식을 잊지 못하고 항상 감탄하며 회상했다. 그는 부대찌개로 기억하지만, 사실은 냉장고 안에 남아 있던 잔반들을 모두 넣어서 만든 짬뽕에 가까웠다. 이 사실은 지금까지도 그에게는 비밀로 남겨두었다. 때로는 모르는 편이 나으니까.

어릴 적 할머니의 정성 가득한 음식을 먹으며 자라서인지 나의 어린 시절 사진은 항상 통통한 모습을 담고 있었다. 사진 속 나는 마치 만화 캐릭터 도라에몽에 가까웠다. 이웃들은 나를 보며 항상 듬직하고 건강해 보인다고 칭찬했다. 지금 돌이켜보면 그 말이 조금 창피하게 느껴질 때도 있다. 하지만, 나는 그 시절을 원망하지 않았다. 그 모든 것이 할머니의 깊은 사랑에서 비롯된 것이었으니까.

할머니는 엄격하셨지만, 그만큼 다정하고 따뜻한 분이셨다. 할머니의 그런 사랑과 표현 방식이 지금의 나를 형성하는 데 큰 영향을 미쳤다고 생각한다. 하지만 나는 점점 커가면서 할머니를 창피해하기 시작했다. 학부모 참관 수업이 있을 때도 일부러 할머니께 알리지 않았다. 할머니가 오시는 것보다 아무도 나를 찾아오지 않는 게 더 나을 것 같다고 생각했기 때문이다. 소풍 날에도 도시락을 준비해달라고 하지 않았다. 그때의 나는 할머니의 존재가 또래 친구들 사이에서 내가 다르게 보일까 봐 걱정했던 것 같다. 심지어 할머니는 김밥을 만드실 줄 몰랐다.

그 당시의 나는, 아마도 할머니의 존재를 어느 정도 외면하고 부정했던 것 같다. 주변 친구들에게는 모두 엄마와 아빠가 있었지만, 나에게는 그런 존재가 없었으니까. 이제와 돌이켜보니, 그것이 질투의 감정이었을 수도 있다는 생각이 든다. 그렇지만, 학교에서 좋아하는 사람이나 가족을 적는 순간이면, 나는 언제나 할머니를 적었다. 겉모습으로는 속여도, 마음을 속이는 건 불가능에 가까운 나이였다.

그때가 생각난다. 학교에서 "엄마가 좋아? 아빠가 좋아?"라는 게임이 한창 유행하던 시기였다. 멀리서 친구들과 수다를 떨고 있던 한 여자아이가 갑자기 나에게 달려와서 말을 걸었다.

"너는 아빠가 좋아, 엄마가 좋아?"

"나는… 할머니가 더 좋은데?"

"할머니는 여기 없잖아! 엄마랑 아빠 중에서만 고르는 거야."

"그럼, 엄마."

엄마라고 말하면서도 조금 얼버무렸을지도 모른다. 그리고 내 볼에 흐르는 물줄기도 느껴졌다.

그 아이가 옆에 있는 친구를 보며 말했다.

"역시 얘도 엄마라잖아! 전부 엄마라니까? 너만 아빠가 좋다고 했을걸?"

"그럼 나도 엄마로 바꿀래."

이 질문을 처음 받았을 때는 할머니라고 이야기했었지만, 이후로는 항상 엄마라고 답했다. 실제로는 엄마가 없었음에도 말이다. 주변에서 대부분 엄마를 선택하는 것을 보고, 아빠라고 대답했다가는 나만 유독 이상하게 보일 것 같았다. 나는 내가 다른 아이들과 다른 환경에서 자랐다는 사실을 드러내고 싶지 않았다. 남들이 나만 다르다는 듯이 보는 시선이 싫었다. 현실을 부정하고 도망치려했던 어린 시절이었다.

과거를 돌이켜볼 때, 행복했던 순간들만큼이나 마음 한 편에 자리 잡은 후회들도 함께 떠오른다. 할머니와 보낸 시간은 기쁨으로 가득 차 있었지만, 그런데도 더 많은 것을 해드리지 못했다는 생각에 가슴이 아렸다. 조금이라도. 하나라도 더 해줬더라면. 하는 마음이 항상 내내 따라다녔다. 하지만 나는 후회해봤자 소용없다는 것을 잘 안다. 열 가지 좋은 일이 있어도, 한 가지 나쁜 일에만 치우치는 우리니까.

추억에 잠겨있던 나는 현실로 돌아와 핸드폰 화면을 바라보았다. 그때, 대규로부터 돈이 입금된 알림을 받았다. 보아하니 그는 그곳에서 일하며 일당을 받아, 나에게 빌린 돈을 조금씩 갚고 있는 것 같았다. 이런 속도로 계속된다면, 그가 모든 빚을 청산하는 데는 대략 반년 정도 걸릴 것으로 예상되었다. 나는 그런 그를 마음속 깊이 응원했다.

올해의 가을은 지난해보다 유난히 쌀쌀한 기운을 머금

고 있었다. 그리고 마음속으로는 이 계절이 유독 길게만 느껴졌다. 사건 · 사고가 잦았던 탓에, 시간이 짧게 느껴질 것 같았는데, 예상과는 달리 시간은 이상할 정도로 더디게 흘렀다.

최근 나는 거리를 걷다 우연히 헤어진 그녀와 마주쳤다. 잠시나마 아는 체하고 싶은 마음이 스쳤지만, 그럴 이유가 없었다. 그녀의 옆에는 낯선 남자가 함께 걷고 있었다. 그녀도 나를 본 것 같았지만, 빠르게 시선을 다른 곳으로 돌렸다. 그녀와 나란히 걷는 그 남자를 보며 샘나는 마음이 들었지만, 이미 끝나버린 관계에는 힘이 없었다.

우리는 같은 동네 주민이니 만날 수도 있는 것이 당연한 일이었다. 그러나 그녀가 나를 피하는 모습을 보니, 앞으로는 그녀를 위해서라도, 또한 나 자신을 위해서라도 다시는 만나고 싶지 않다는 생각이 들었다. 이제부터는 더 주의 깊게 주변을 살피며 걷기로 마음먹었다.

한편으로는 나에게 작은 위안이 되었다. 모습을 한 번 볼 수 있어서 감사했다. 아무래도 아직 미련이 조금 남아 있는 듯싶었다. 그녀를 보며, 시간이 흘러도 나만 그 자리에 머물러 있는 것 같은 느낌이 들었다. '과연 나는 변해야

하는 걸까?'라는 질문을 스스로 던져봤지만, 돌아오는 대답은 없었다. 아직 답을 찾지 못했으니까. 변화가 멈춘 것은 아마도 올해 봄부터였을 것이다. 할머니와의 약속 때문이었다. 변하지 않겠다고, 과거에서 한 발짝도 떼지 않겠다고 스스로 다짐했다. 변한다는 것은 나아가는 것이고, 나아간다는 것은 과거와의 거리를 두는 것을 의미했다. 나는 할머니와 멀어지고 싶지 않았다. 그러나 역시, 죽은 자는 대꾸조차 없었다.

오랜만에 녀석과 만나서 밥을 먹었다.

"오랜만이네, 너 피부가 좀 탄 거 같다?"

"그런가? 나는 잘 모르겠는데?"

"그야 그렇지 너는 안 보이니까."

이야기하면서 은은하게 담배 냄새가 풍기는 듯했다. 아마도 끊었던 담배를 다시 태우는 듯싶었다. 그리고 그의 모습에서는 예상과 달리 생기가 넘쳐 보였다. 그를 보며 느껴지는 생기에 나도 모르게 기분이 좋아졌다. 나는 대화를 이어가며, 어머님의 상황을 언급하지 않도록 조심했다. 헤어진 그녀에 대한 일화, 오랜만에 쳐본 탁구 등으로 이야기했다. 그러나 결국, 피할 수 없는 주제인 어머님의 이야기가 나왔다. 녀석이 먼저 이야기를 꺼냈다.

"요즘 들어 엄마 몸 상태가 좋지 않으셔. 여전히 깨어나실 생각도 안 하시고."

"기다려 보자, 의사도 그렇게 이야기했잖아."

"그거야 그렇지."

나는 최근에 뵈었을 때 어머님의 모습을 떠올렸다. 그렇다고 인정하고 있을 수만은 없었다. 나는 어떻게든 그에게 힘이 되어주고 싶었다. 대화의 주제를 바꿔보려고 시도했지만, 언젠부턴가 녀석의 얼굴은 창백해지고 눈빛은 초점을 잃은 듯 흐려져 있었다. 그는 제대로 내 말을 듣지 못하는 상태였다. 나는 이 자리에 나온 것을 후회하며, 녀석을 위해 아무것도 해주지 못한 나 자신에게 실망감과 좌절감을 느꼈다. 녀석에게 받은 것은 많았지만, 내가 그에게 돌려줄 수 있는 건 하나도 없었다.

주말이 되어, 오랜만에 교회를 찾았다. 앞에 서 있는 순간, 죄인이 된 듯 몸이 굳는 기분을 느꼈다. 이곳을 방문한 특별한 이유는 없었다. 그저 주말을 집에서만 보내기엔 적적했고, 믿음이 조금 필요했다. 고등학생 때까지는 꾸준히 교회에 다녔지만, 아르바이트가 주말까지 이어지면서 자연스레 교회 방문이 줄어들었다. 교회를 싫어한 것은 아니었다. 우연히 시기가 겹쳐 다니던 교회가 재개발로 사라지면서 더 이상 가지 않게 되었을 뿐이었다. 성경 말씀 중에는 흥미로운 내용이 많았지만, 지금은 그 어떤 구절도 이야기도 떠오르지 않았다.

사실상, 그 당시에는 또래 친구들과 어울리는 주말 동아리와 같은 존재였다. 그런데도 나는 학생치고는 꽤 신앙심이 깊은 편이었다고 자부했다.

예배를 마치고 교회를 나서는 길에, 교회의 종사자로 보이는 몇몇 사람들이 나에게 다가와 말을 걸었다.

"교회에서 처음 뵙는 분 같은데 맞으시죠?"

"네, 뭐."

"그러시구나. 잘 오셨습니다. 내려가셔서 식사도 하시고 가세요."

"아, 네. 그럴게요."

"제가 안내해드리죠"

"아니요, 괜찮습니다. 혼자 가겠습니다."

친절한 마음은 고맙지만, 처음 방문한 교회에서 식사까지 하기에는 어딘가 부담스러움이 느껴졌다. 그래서 가능한 한 빨리 그곳을 벗어나려고 몇 마디 대답을 던진 후, 거의 도망치듯 그 자리를 떠났다. 매주 다닐 생각도 없었기에 굳이 많은 인사를 나눌 필요를 느끼지 않았다. 짧은 순간이었지만, 체력적으로 지친 기분이었다. 그리고 바로 집으로 돌아가려는 순간, 뒤에서 누군가 내 이름을 부르는 소리가 들렸다.

"너, 남태규 아니야?"

처음 방문한 교회에서 내 이름이 불리자, 깜짝 놀라 뒤를 돌아보았다. 그곳에는 젊은 여성이 서 있었다. 그녀는 나와 비슷한 또래이거나 아마도 나보다 한두 살 정도 연상으로 보였다. 나는 순간 말을 잃고 멍하니 그녀를 바라보았다. 그녀가 내가 아는 사람일 리 없다고 확신했기 때문이다. 그리고 그녀가 다시 입을 열었다.

"초등학교 같이 다녔잖아. 나 주세희야."

듣고 보니, 그런 동급생이 있었던 것 같은 기억이 스쳐지나갔다. '세희'라는 이름을 생각하며 그녀의 얼굴을 자세히 바라보았다. 그러자 그녀의 모습 뒤로 과거의 이미지가 겹쳐 보이기 시작했다. 순간, 나는 무의식중에 "아" 하고 소리쳤다. 우리 반 대표 울보로 소문난 그 아이라고 말하는 건 실례였다.

"기억났어 주세희, 오랜만이다."

그러나 어릴 적 그녀의 모습과 지금의 그녀는 전혀 달랐다. 오직 약간의 닮은 점이 있을 뿐이었다. 시간이 흐르며 나 역시 많이 변했으리라 생각한다. 어떻게 그녀가 나를 알아볼 수 있었을까? 우리의 연결고리는 초등학교 졸업 후 닿은 적이 없었다. 과연 그녀가 나를 어떻게 기억하고 있었는지, 그리고 이 자리에서 어떻게 나를 한 번에 알아봤는지 궁금증이 커져만 갔다. 그녀는 내가 생각에 잠긴 모습을 바라보며 다시 말을 걸었다.

"최근에 올린 게시물 봤어."

아마도 SNS를 말하는 듯했다. 나는 잠시 고민하다가 최근 SNS에 올린 사진을 떠올렸다. 그것은 고모와 함께 방문한 일식집에서 찍은 사진이었다. 생각해보니, SNS에는 나의 다양한 모습이 담긴 사진들이 많았다. 그녀가 SNS를 통해 내 얼굴을 기억하고 알아본 것이라고 확신하게 되었다. 이로써 궁금증이 해소되었다.

"진짜 오랜만이다. 잘 지냈어?"

나는 일상적인 질문을 던졌다. 비록 그리 가까운 친구는 아니었지만, 반가운 마음은 있었다.

"그냥 뭐, 그렇지. 우리 교회는 언제부터 다녔어?"

그녀가 '우리 교회'라고 말하는 것을 듣고, 아마도 그녀는 이곳에 오랫동안 다닌 것 같다는 생각이 들었다. 나는 거짓없이 상황을 설명했다.

"오늘이 처음이야. 옛날 생각이 나서 와봤어. 주말에 집에만 있기도 심심하고."

그녀는 내 말에 아무런 대답 없이 고개만 끄덕였다. 아마도 비슷한 이유로 교회를 방문하는 사람들이 꽤 있었던 모양이다. 그때 그녀가 제안했다.

"이것도 인연인 것 같은데, 나가서 밥이나 먹을래?"

처음엔 그 제안이 조금 꺼림칙하게 느껴졌다. 혹시 교회 측에서의 일종의 포섭이 아닐까 싶었다. 하지만 점심을 같이 먹는 것 자체가 나쁜 일은 아니니까. 따라가기로 했다.

그녀와 함께 근처 김밥집에 들어섰다. 나와 마찬가지로 그녀도 격식보다는 편안한 분위기를 선호하는 모양이었다. 그녀가 입고 있던 갈색 코트와 아이보리색 머플러를 옆자리에 접어두고, 그녀의 회색 니트가 드러났을 때, 가을의 도착을 다시 한번 느낄 수 있었다. 한편으로는 그녀가 추위에 약할 것 같다는 생각도 들었다. 내가 먼저 대화를 시작했다.

"뭐하면서 지내?"

"그냥 남들 다하듯이 대학 졸업하고, 회사 들어가서, 월급쟁이로 살고 있지. 너무 재미없지?"

나는 고개를 끄덕였다. 그리고 생각했다. '남들 다하듯이' 그녀가 물었다.

"너는 뭐하면서 지내?"

"그냥 뭐 아르바이트 좀 하다가 최근에 관뒀어. 백수야 지금은."

"부럽다… 나도 돈 많은 백수가 되고 싶어 진짜…"

"나는 돈이 많다고 말하지 않았다?"

"나도 너 얘기라고 하지는 않았는데?"

나도 모르게 콧방귀가 나왔다. 그리고 왠지 진 기분이었다.

"많이 늘었다?"

그녀는 만족스럽다는 얼굴이었다. 그녀는 회사에서 디

자인 업무를 맡고 있다고 했다. 생각해보니 옛날부터 교내 그림 그리기 대회에서 상을 받던 모습이 떠올랐다. 그리고 그녀는 요즘에도 연락하는 초등학교 동창들이 있는지 물어봤다. 나는 가볍게 고개를 끄덕이려고 했지만, 그녀의 입에서 대규라는 이름이 나왔다. 아직도 둘이 함께 다니냐는 말이었다. 옛날부터 우리가 친한 사이였으니, 남들이 보기에도 특별한 관계로 보일 수도 있었다. 예상치 못한 이름에 순간 멈칫했지만, 말없이 고개만 끄덕였다. 그리고 나는 주제를 바꿔 이야기를 이어 나갔다. 여기서 녀석의 이름을 언급할 필요는 없었다.

이야기를 주고받으며 자꾸 그녀의 웃는 모습에 눈길이 끌렸다. 그 웃음은 정말 어린 시절 그대로였기 때문이었다. 간간이 우는 모습이 없어져 보이기도 했지만, 오히려 재미있었다.

식사를 마치고 우리는 밖으로 나왔다. 그리고 그녀가 말했다.

"핸드폰 좀 줘봐."

그러자, 그녀의 핸드폰 벨 소리가 울리기 시작했다.

"내 연락처 저장했어. 그럼 다음에 또 보자."

연락을 자주 주고받을 것 같진 않았지만, 예의상 저장해 두는 것으로 생각했다. 그리고 그녀가 말한 '다음에 또 보자'라는 말도 빈말이라고 생각했다. 지금까지 살아오는 동안 다시 만나는 일은 극히 드물었기 때문이었다. 그러나, 이번만큼은 다시 만날 것 같은 예감이 들었다. 심지어는 나 자신이 만남을 강하게 원하는 것일지도 모르겠다.

연락처를 교환한 후, 우리는 자주 연락을 주고받으며 서서히 친밀해졌다. 그렇다고 우리가 특별히 의미 있는 대화를 나눈 것은 아니었다. 대화는 대체로 사소한 일상의 불평이나 점심 메뉴에 관한 것들이었다. 그녀의 말에는 종종 직장 생활의 고충이 묻어나왔고, 나는 그런 이야기들에 공감하기 어려웠다. 나는 백수였으니까. 그녀의 답장은 항상 빠르고 날카로웠다. 처음엔 그녀에게 호의를 보이려고 빠른 대답을 보냈지만, 점차 그녀에게 더 많은 신경을 쓰게 되자, 어느 순간부터 일부러 그녀의 메시지를 무시하기 시작했다. 회사 일로 바쁠 터임에도 불구하고, 그녀는 회사에서 맡은 업무가 많지 않은 듯했다. 그 부분은 조금 부러웠다.

우리는 가끔 만나서 밥을 먹거나 영화를 보곤 했다. 그러나 어떤 영화를 봤는지 기억나지 않는다. 매번 영화관에

갈 때마다 나는 잠에 빠져들었으니까.

미안한 마음이 들긴 했지만, 졸음을 참는 것은 나의 능력 밖이었다. 그녀가 탁구를 좋아한다고 말한 것을 계기로, 탁구장을 찾아갔지만, 그녀의 탁구 실력은 기대 이하였다. 나는 탁구를 하기보다는 그녀를 가르치는 데 집중했다. 귀찮기는 했지만, 그 과정에서 느껴지는 즐거움이 있었다.

그녀를 집까지 바래다주는 길에, 나는 그녀에게 고백하기로 결심했다. 오랜만에 느끼는 이 감정을 숨기기 어려웠지만, 용기를 내어 고백했다. 그리고 그녀는 기쁘게 내 고백을 받아들였다. 그녀 역시 부끄러움을 감추려 애쓰는 모습이었지만, 어딘가 마음이 벅차 보였다. 그렇게 우리는 연인이 되었다.

뜬금없이 그녀로부터 집에 놀러 오라는 초대를 받았을 때, 딱히 거절할 이유가 없었다. 시간이 넘쳐나는 백수로서, 이런 제안은 반가운 일이었다. 그녀가 문 앞에서 반갑게 맞이해주는 모습에, 마음 한구석이 설렘으로 가득 찼다. 혼자 사는 여성의 집을 방문하는 것은 굉장히 오랜만이었다. 그 어색함을 감추기란 쉽지 않았다. 발을 딛는 곳마다 조심스러웠고, 나 자신조차 어디에 있어야 할지 곤혹스러웠다.

그녀가 최근까지 동생과 함께 살았다고 했던 것을 떠올리며, 혼자 사는 집치고는 확실히 넓게 느껴졌다. 그녀의 집은 청결한 상태는 아니었지만, 그것이 그녀의 바쁜 일상을 이해하며, 나는 그 모든 것을 무심한 척 넘어가기로 했다.

우리는 TV를 틀어 영화를 같이 보기 시작했다. 그러자 그녀가 갑작스럽게 물었다.

“무슨 영화 좋아해?”

“그러게 딱히 생각해본 적이 없는데? 그럼 너는?”

그녀는 잠시 고민하다가 대답했다.

“굳이 따지면 감동 로맨스?”

나의 경우, 특별히 좋아하는 장르는 없었지만, 싫어하는 장르를 꼽으라면 감동적인 영화와 로맨스 영화였다. 그런 영화들은 대체로 근질근질하고 닭살 돋는 대사들로 가득 차 있어 불쾌했다. 하지만, 그녀의 취향을 존중하고자 노력하며, 나는 마지못해 대답했다.

“다음에 꼭 같이 보러 가자. 나도 좋아해…”

“그래 좋아! 말 나온 김에 다음 주에 영화 보러 가자.”

"그래… 그러자…"

영화가 끝난 뒤, 저녁 시간이 다가오면서 배가 고파오기 시작했다. 원래는 편하게 배달 음식을 시켜 먹으려 했지만, 그녀가 TV에서 카레 광고를 보고 갑자기 카레를 먹고 싶어 하자, 나는 직접 카레를 만들어 주기로 결심했다. 카레는 내가 좋아하는 음식이자, 자주 해 먹는 요리 중 하나였기 때문에 자신 있었다.

카레는 이름만 들으면 간단해 보이지만, 실제로는 깊은 맛을 내기 위해 여러 가지 재료와 많은 시간을 요구하는, 만만치 않은 음식이다. 만만한 건 언제나 먹는 순간뿐이었다.

우리는 카레를 만들기 위해 함께 마트로 향했다. 장바구니에 필요한 재료들을 하나둘 담아가는데, 그녀의 눈이 커지는 것을 보며 역시 카레를 만만하게 보았던 것 같다는 생각이 들었다.

집으로 돌아와 냄비에 기름을 두르고, 조금의 소금과 설탕, 그리고 물을 약간 넣은 후 얇게 썬 양파를 볶기 시작했다. 카레의 진정한 맛을 내는 것은 바로 이 양파 볶는 과정에 있다고 해도 과언이 아니다. 양파가 투명해지고 달콤한 향이 나기 시작하면 고기를 넣고 적당히 익혔다. 이어서 당근과 감자를 추가하고, 물과 고형 카레, 다진 마늘을 넣어 함께 끓여 나갔다.

나의 능숙한 요리 솜씨에 그녀가 놀랄 것이라 상상했지만, 돌아보니 그녀는 소파에 누워 잠이 들어 있었다. 카레를 준비하는 동안 그녀는 달콤한 꿈나라로 여행을 떠난 것이다. 나는 허탈감에 웃음을 터뜨렸다. 이것이 바로 카레를 너무 쉽게 여긴 사람의 최후라고 생각하며, 그녀가 깨어나 카레의 맛을 볼 때까지 기다렸다.

그녀가 내가 만든 카레를 맛있게 먹는 모습을 바라보며, 나는 마치 딸을 돌보는 아빠의 기분이 이렇지 않을까 생각했다. 그리고 동시에 어린 시절의 기억이 스쳐 지나갔다. 할머니는 혼자서는 절대 식사하지 않으셨다. 혼자 먹으면 밥맛이 나지 않는다고 하셨다. 그 덕분에 나는 집에 돌아와 할머니와 함께 또다시 밥을 먹곤 했다. 당시에는 할머니의 그런 모습이 전혀 이해되지 않았다. 혼자 먹든, 둘이 먹던 음식의 맛은 변하지 않는다고 생각했으니까.

하지만 할머니가 병원에 입원하신 후, 나는 줄곧 혼자 식사를 해왔다. 먹을 사람이 나 혼자뿐이었다. 혼자 식사하는 것은 외롭고 쓸쓸했지만, 시간이 지나면서 익숙해졌고, 나의 요리 실력은 점점 더 발전해 갔다. 나는 그렇게 혼자서도 행복하게 지낼 수 있다고 생각했다.

그러나 지금, 그녀와 함께 음식을 나누어 먹으면서, 나는 그동안 잊고 있던 함께 식사하는 기쁨을 새삼 깨닫게 되었다. 이 소중한 순간이 영원히 계속되길 바라며, 앞으로도 함께 나누어 먹을 수 있는 미래를 꿈꾸게 되었다. 이 행복한 시간이 절대 끝나지 않기를 바라면서.

"내일 아침은 내가 직접 할게!"

순간, 나는 마음속으로 '자고 가나?'라는 생각이 스쳐 지나갔다. 그리고 그녀가 아침 식사를 직접 준비하겠다는 말에 내 마음은 복잡해졌다. 솔직히 말하자면, 그녀의 요리 실력에 대한 기대는 크지 않았다. 그녀의 실력을 직접 본 적은 없지만, 어딘가 본능적으로 그녀의 음식이 걱정되었다.

"아침을 직접? 해본 적은 있어?"

그녀가 해맑게 대답했다.

"아니? 나 라면도 잘 못 끓여."

그 말을 듣고 나는 고개를 저었다. 그녀의 요리 실력에 대한 우려가 현실이 되는 순간이었다.

오늘은 별다른 일이 없었음에도, 그녀와의 시간은 나에게 큰 행복을 주었다. 시간이 영원히 멈춰버렸으면 하는 바람이었다. 소파에 누워 핸드폰을 들여다보며, 요즘 대규와의 연락이 드물어진 것을 느꼈다. 신경이 쓰이지 않는다고 하면 그것은 분명 거짓말이었다. 그러나 그 신경 쓰임이 대규 자체에 대한 것인지, 아니면 그와 관련된 다른 문제들, 예를 들어 돈 문제에 대한 것인지 분간하기 어려웠다. 최근 그를 생각할 때마다 머리가 복잡해졌다.

평소와는 다른 꿈이었다. 할머니의 손맛이 담긴 된장찌개를 먹고 있었다. 그 찌개는 나의 인생에서 맛본 모든 된장찌개 중 단연 최고였다. 비록 냉장고 속 잔반을 활용해 만들었겠지만, 그 맛이 나에게 있어 조금 특별했을지도 모른다. 꿈속에서 나는 그 맛을 즐기며 행복해했다. 할머니의 따뜻한 미소가 나를 바라보고 계셨다. 그 미소는 잊을 수 없는, 따스한 기억으로 남아있다.

하지만 곧 꿈의 분위기가 변했다. 어디선가 나는 탄내가 느껴졌다. 실제로 중학생이 된 이후로, 할머니의 요리를 맛본 적이 없었다. 할머니가 요리를 못한 건 아니었지만, 언젠가부터 할머니는 요리할 때마다 음식을 태우곤 하셨다. 그리고 그런 할머니는 종종 "살아서 뭐 하냐 죽어야지" 한탄하시고는 했다.

잠에서 일어났을 때, 탄 냄새와 함께 된장찌개의 향기가 서로 어우러져 주방을 가득 메우고 있었다. 소파에서 벌떡 일어나 그녀가 있는 주방으로 발걸음을 옮겼다. 호기심 찬 목소리로 말했다.

"뭐 하고 있어?"

"된장찌개…"

그녀의 대답에서는 조금의 불안함이 묻어나왔다. 그녀의 목소리에 미세한 떨림도 느껴졌다. 그녀의 얼굴에는 자신 없음이 역력했다. 그런데도 그녀의 입술이 약간 튀어나온 모습은 무척이나 귀여웠다. 동시에 생각했다. '된장찌개를 태울 정도면, 그녀의 말대로 라면도 제대로 못 끓인다는 말이 거짓은 아니겠구나.'

식탁에 차려진 아침 식사를 마주하고 앉으니, 그녀의 눈빛이 마치 찌개부터 먹어보라고 유도하는 것 같았다. 음식에 대해 다소 까다로운 편인 나로서는, 이 순간의 평가가 공정해야 한다고 생각했다. 그녀의 기대감 가득한 눈빛을 피해 조심스레 찌개를 한 숟가락 떠서 입에 가져갔다.

바로 그때 그녀가 조급한 목소리로 물었다.

"어때?"

"아직 안 먹었잖아. 기다려."

맛은 예상외로 나쁘지 않았다. 탄 맛이 조금 은은하게 느껴지긴 했지만, 그녀의 정성을 생각하며 그 부분은 넘어가기로 했다. 오히려 그 탄 맛이 어딘가 그리운 느낌을 주었다. 마치 할머니가 만들어 주신 음식을 먹고 있던 그 시절로 되돌아간 듯한 기분이었다. 그리움과 아련함이 뒤섞인 그 맛에, 나는 그녀에게 솔직한 느낌을 전했다.

"맛있는데? 냉장고가 통째로 들어간 맛이야."

그녀는 내 말을 듣고 자신을 놀리는 것으로 오해하여 잠시 성을 내었다. 비록 나의 말에 조금의 장난기가 섞여 있었지만, 그것은 놀림보다는 사실 내가 그녀에 대해 느끼는 애정의 한 방식이었다. 그러나 그녀가 그 미묘한 차이를 알아채기는 어려울 것 같았다.

나는 어렸을 때부터 결혼을 서두르고 싶었다. 혼자서 가정을 이끌고, 그 책임을 다하는 것이 마치 할머니께 드리는 효도라고 여겼기 때문이다. 그러나 현실은 내 바람과는 거리가 멀었다. 결혼할 상대는커녕, 경제적 기반조차 마련되어 있지 않았다. 모든 것이 부족한 상황에서, 내가 가진 유일한 것은 몸뿐이었다. 과거의 나는 참으로 순진했다.

그런데 지금, 그녀와 함께 있는 이 순간들은 모든 현실적인 어려움을 잊게 했다. 그녀와의 미래를 상상하는 것만으로도 가슴이 벅차올랐다. 그녀와 함께라면 어떠한 어려움도 극복할 수 있을 것 같았고, 그녀와 함께하는 미래는 상상만으로도 황홀했다.

오랜만에 대규의 어머니를 병문안하기 위해 병원을 방문했다. 그곳에서 마주한 어머니의 모습은 살아 있는 것보다 죽은 것에 가까운 모습이었다. 말라가는 팔과 다리를 보며, 존재 자체가 불행해 보였다. 그 모습은 우리 할머니의 마지막 모습을 떠올리게 했다. 그 순간 나는, 살아있는 사람을 보며 죽은 이를 생각한다는 것에 대한 죄책감이 밀려왔다. 그런 생각에 잠겨있을 때, 문이 열리는 소리에 현실로 돌아왔다. 그것은 오랜만에 만난 대규였다. 그의 모습이 반가웠지만, 이 공간에서 기쁨을 표현하기는 적절치 않았다. 내가 먼저 입을 열었다.

"나갈까?"

그는 아무 말 없이 고개만 끄덕였다.

병원 1층 로비의 카페에서 우리는 자리를 잡고 이야기를 나누었다.

“오랜만에 보내. 잘 지냈어?”

그는 고개를 끄덕이며 이야기를 시작했다.

“뭐 똑같지. 지금 현장이 끝나서 잠깐 쉬고 있어. 다음 주부터 다시 돈 보내줄게. 미안하다.”

“어 그래. 천천히 줘 상관없어”

대규는 미안함을 표하며, 돈 문제에 대해 언급했다. 그의 말이 반복될 때마다, 나는 그 어떤 것보다도 돈 이야기를 듣고 싶지 않았다. 그러나 그가 겪고 있는 어려움을 이해하려 애썼다. 그가 말하기를, 어머니의 건강이 나빠졌다는 소식을 듣고 잠시 병원에 들렀다고 했다. 실제로 어머니의 상태는 맨눈으로 봐도 심각해 보였다. 나는 화제를 바꾸고자 최근 일어난 소식을 공유했다.

“나 여자 친구 생겼어.”

“어 그래? 축하한다.”

“너도 아는 사람이야, 주세희.”

“주세희? 모르겠는데?

대규의 표정은 회의적이었다. 하지만 교내 울보 이야기를 꺼내자, 그의 기억이 조금 되살아난 듯했다. 새삼 유명한 울보였다는 생각이 들었다.

"기억난다. 나중에 기회 되면 소개해주라 궁금하네."

그는 나를 향해 있었지만, 그의 눈빛은 마치 더 먼 곳을 바라보고 있는 것 같았다. 그런 그의 모습이 나는 약간 불편했다.

"이제 일어나야겠다. 엄마도 좀 봐야지."

"그래 얼른 가봐, 미안하다."

대규가 어머니 곁을 지키기 위해 자리에서 일어나고, 서로 멀어지려는 순간, 그가 뒤돌아보며 말했다.

"이번에는 오래 가라. 그리고 돈은 최대한 빨리 갚을게."

"응 고마워"

뭐랄까. 복잡한 감정이 교차했다. 녀석의 미래에 나는 존재하지 않는 것처럼 느껴졌다. 그리고 녀석은 여전히 내 걱정이 돈 문제에만 있다고 생각하는 듯했지만, 그를 직접적으로 비난할 마음은 들지 않았다. 실제로 나조차도 내 마음속에 어떤 감정이 더 큰 비중을 차지하는지 확신할 수 없었다. 싸울 수 있는 상태도 아니었고, 이해하려는 노력을 기울였다. 지금 가장 힘든 시기를 겪고 있는 것은 바로 녀석이니까.

병원을 나서며, 내 마음속에는 미안함이 차올랐다. 진정한 응원과 지지가 필요한 사람은 대규였는데, 나는 오늘도 그에게 도움이 되지 못한 것 같아 자신에게 실망하고 부끄러웠다. 그리고 문득, 난데없이 그 일이 머리를 스쳤다.

"여보세요."

"어, 그래. 태규니?"

"네."

"할머니가 편찮으시다면서? 방금 서울로 올라왔는데, 어디로 가야 할지를 모르겠네?"

전화를 받고 익숙한 목소리를 듣자마자, 마중 나가야겠다는 생각이 들었다. 그 목소리가 누구인지는 확실하지 않았지만, 어딘가 친숙한 느낌이었다. 그리고 이 기회에 할머니께 인사를 드리러 가는 것도 좋겠다고 생각했다.

"어디세요? 제가 금방 나가겠습니다."

마중을 나가며, 저 멀리에서 익숙한 얼굴이 보였다. 바로 큰엄마였다. 어릴 적부터 종종 뵈었던 큰엄마는 가족은 아니었지만, 할머니께서는 호적상으로는 큰엄마라고 자주 언급하셨다.

"오랜만에 뵙네요."

"그래 태규도 잘 지냈니?"

"저야 뭐 똑같죠. 일단 가시죠"

우리는 대화를 나누며 택시에 올랐다. 병실에서 누워 계신 할머니를 보는 순간, 마음 한구석이 아려왔다. 할머니의 모습은 한때의 활기찬 모습과는 너무나도 달랐다. 큰엄마와 나, 두 사람의 눈가는 슬픔으로 젖어 있었다. 큰엄마의 눈물은 과거의 건강했던 할머니를 떠올리는 아픔에서 비롯된 것 같았다. 나 역시 그 아픔을 공유했다.

할머니를 바라보는 순간, 나는 시간과 공간을 초월한 듯한 느낌에 젖어 들었다. 그곳에서 할머니는 죽음을 앞둔 존재가 아니라, 단지 사랑하는 내 할머니였다. 그리고 나는 그녀의 손자, 우리는 단순히 서로를 사랑하는 가족이었다.

서로의 눈을 마주하며, 우리는 서로의 아픔과 공포, 그리고 괴로움을 공유했다. 그런 감정들이 모여 새로운 감정의 무리를 형성했다. 우리는 그 감정들을 통해 더 깊이 공감하고 이해할 수 있었다. 서로에게 힘이 되고 싶어 하는 마음, 서로가 되고자 하는 간절한 바람이 우리를 더욱 가까이 끌어당겼다. 할머니의 손을 잡았을 때, 그 손은 힘이 없고 감각이 없을지 몰라도, 그 안에서 따뜻함을 느낄 수 있었다.

그 순간 할머니가 무언가를 말하고 싶어 하시는 듯한 모습이 엿보였다. 나는 현실로 돌아와 할머니에게 인사를 건넸다.

“오랜만이네, 할머니.”

큰엄마를 지하철역까지 배웅한 후, 나는 택시 승강장에서 혼자 서 있었다. 마음속에는 울적함과 괴로움, 그리고 외로움이 가득 차 있었다. 주변은 사람들로 북적였지만, 나는 마치 세상에서 혼자 남겨진 듯한 기분이었다. 오늘도 역시, 나는 혼자서 내면의 소용돌이를 진정시키려 애썼다. 하지만 결코 해답을 찾지 못했고, 앞으로 나아갈 계획조차 세우지 못했다. 나는 그저 무작정 택시를 기다리고 있을 뿐이었다.

택시에 올라 창밖을 바라보니, 어느새 옛 추억들이 마음속을 파도치듯 밀려왔다. 할머니와 보낸 시간, 그 모든 순간이 마치 사진이나 비디오처럼 생생하게 기억 속에 남아있었다. 그 추억들을 떠올릴 때마다, 나도 모르게 마음속 깊은 곳에서 울분이 치밀어 올랐다. 나는 나 자신에게 말을 걸었다.

"집에 가서 빨리 밥이나 먹자."

요즘 아침마다 잠에서 깨어나면 으슬으슬한 추위가 온몸을 감싸 안아, 이불 밖으로 나가기조차 힘든 겨울이었다. 가을이 지나고 서서히 찾아온 겨울의 추위는 매서웠지만, 내 마음속에는 따뜻한 봄이 찾아온 듯했다. 그 이유는 바로 그녀와의 만남이었다. 평소의 일상에서 크게 달라진 것은 없었지만, 그녀와 함께한 순간부터 모든 것이 변화하기 시작했다. 요즘은 하루하루가 그저 행복하고, 즐거웠다.

일자리를 찾기 위해 문자 접수까지 넣어보았지만, 어떤 소식도 들려오지 않았다. 세상은 마치 나에게 백수 생활을 권하는 것처럼 느껴졌다. 나 자신도 이런 생활이 의외로 나와 잘 맞는다고 느끼기도 했다. 하지만 돈이라는 냉정한 현실 앞에서는 내 적성 따위는 중요하지 않았다. 지금 나에게는 돈이 절실히 필요했다.

여자 친구는 요즘 업무가 바빠져서 연락도 잘 되지도 않고, 만나기조차 힘들었다. 그녀가 업무에 열중하는 모습을 보며, 나도 더욱 일자리를 찾아야겠다고 다짐했다. 그녀 옆에서 가만히 있기에는, 눈치가 보였으니까. 하지만 그 모든 걱정과 고민은 잠시 접어두기로 했다.

대규와의 연락이 뜸해진 것에 대해, 이제는 그의 속마음을 알 수 없었다. 나는 그저 기다려 보기로 했다. 그리고 최근에 그의 여동생한테서 연락이 왔다. 그녀가 전한 내용은 대규가 최근 연락이 잘되지 않는다며, 나에게 그를 조금 더 신경 써달라는 부탁이었다.

여동생의 말에 따르면, 조만간 학기가 끝나고 그녀는 본가로 돌아올 계획이라고 했다. 그의 곁에 동생이 함께한다면, 그에게는 분명 큰 위안과 힘이 될 것이다. 가족은 어려운 시기에 서로를 위로하고, 지지하는 존재이니까.

그녀의 이야기를 들으며, 나는 동생이 있는 것에 대해 부러움을 느꼈다. 나에게는 동생이 없기에, 그런 가족적인 지지와 위로를 직접적으로 경험할 수 없는 현실이 조금 서운했다.

침대에 누워 아무 생각 없이 멍하니 있을 때, 갑작스럽게 아버지한테 전화가 왔다. 우리 가족 사이는, 특히 아버지와 나 사이는 언제나 거리감이 느껴졌다. 그 거리감은 나만의 문제가 아니라, 고모들과의 관계에서도 비슷하다. 아버지의 전화 내용은 예상대로였다. 돈을 빌려달라는 내용이었다.

아침부터 들려오는 그런 대화에 진절머리가 났다. 아버지는 변함없이 돈 문제로만 나를 찾았다. 과거에도 그랬고, 지금도 그렇다. 나는 최근 일을 그만두어 줄 돈이 없다고 전화를 끊어버렸다. 죄책감보다는 이젠 이런 상황이 익숙해져 있었다. "아침부터 기분 잡쳤네." 행복한 일상에는 언제나 누군가가 흠집을 내고 들어오는 것 같았다.

시간이 정말 빠르게 흘러, 벌써 올해도 마지막 한 달만을 남겨두고 있다. 이 한 해 동안 많은 일들이 있었다. 기쁨도 슬픔도, 성장의 순간들도 모두 지나갔다. 이 모든 경험은 나에게 귀중한 기억으로, 추억으로 남겨져야 한다. 비록 시간이 흐르며 모든 것이 희미해지고, 사람들의 기억 속에서 서서히 사라지겠지만, 나의 마음 한편에는 영원히 남아있어야 한다.

이 경험들은 나를 성장하게 했고, 앞으로 나아가는 힘이 될테니까. 나는 그 모든 순간이 내가 새롭게 성장하는데 중요한 역할을 했다고 믿는다. 그리고 모든 일에 감사하며, 나는 조용히 기도를 올렸다.

"얼마 남지 않은 일들을 무사히 마칠 수 있도록 도와주세요."

1월 1일, 새해 첫날이자 나의 생일이다. 매년 이날이면, 생일 축하와 새해 인사를 한꺼번에 받는다. 특별하다고 할 수는 없지만, 세뱃돈을 받는 날도 있었고, 케이크 교환권을 받는 날도 있었다.

어릴 적 할머니는 케이크 대신 매년 미역국을 챙겨주셨다. 그 덕분에 지금도 미역국은 내게 특별한 음식이다. 케이크를 먹지 못해 울며 떼쓴 적도 많았다. 그때는 생일이라는 날이 기쁨보다는 혼이 나는 날로 기억된다. 하지만 시간이 지나고 나이를 먹으면서 깨달았다. 중요한 것은 무엇을 먹느냐가 아니라, 누구와 함께하느냐였다. 할머니와 함께 보냈던 생일들은 세세한 부분은 기억나지 않지만, 그 속에 담긴 그리움과 사랑은 여전히 내 마음속에 남아있다. 할머니가 해주신 미역국의 맛은 시간이 지남에 따라 희미해져 갔지만, 그것이 나에게 남긴 사랑의 기억은 절대로 변하지 않는다. 케이크도, 미역국도 시간이 지나면 사라지지만, 함께했던 소중한 이들은 영원히 기억 속에 남아 미래에도 변함없이 나와 함께할 것이다.

올해의 생일은 여자 친구와 함께 보낼 계획이었지만, 이미 작년부터 친구들과 해돋이를 보러 가기로 한 약속이 있었다. 그래서 아쉬움을 뒤로하고 다음 주에 생일을 기념하기로 했다. 생일에는 예상대로 친구들로부터 케이크 교환권을 많이 받았다. 그들의 마음은 진심으로 고마웠지만, 그 교환권들은 항상 어떻게 처리해야 할지 고민스러웠다.

그런 와중에 대규에게서 갑작스러운 연락이 왔다. 비록 내심 생일 선물을 기대했지만, 그 기대를 숨기고 새해 덕담을 준비했다. 그러나 전화를 받고 말을 꺼내려는 순간, 대규가 먼저 입을 열었다.

"어머니가 돌아가셨어."

살아남는다는 것

솔직한 마음을 드러내자면, '설마 돌아가시겠어?' 하는 마음이 존재했다. 그러나 그것은 현실을 부정하고 싶은 마음에서 비롯된 것이었다. 이런 생각을 하는 것이 대규에게 있어 도덕적으로 바람직하지 않을 수 있지만, 나는 어딘가 억울함을 느꼈다. 새해가 시작되고, 새로운 마음가짐으로 생일을 맞이하려 했지만, 기대와는 달리 마음 한구석이 허전했다. 나는 그저 창밖으로 내리는 눈을 멍하니 바라보았다.

눈은 비와 달리 그 특유의 부드럽고 포근한 감촉으로, 마치 따뜻한 포옹처럼 느껴졌다. 나는 이 눈이 대규에게도 닿아, 그를 다정하게 감싸 안아주기를 바랐다. 친구의 어머니가 세상을 떠난 것은 내게 처음 겪는 일이었다. 나에게 할머니는 어머니만큼이나 중요한 존재였지만, 그래도 할머니는 할머니였다. 엄연히 다른 관계였다.

어머니라는 단어가 가지는 힘은 그 어떤 것과도 비교할 수 없는 특별함을 지니고 있다. 그 힘은 때로는 인간이 감당하기 어려운 강함을 발휘하기도 하며, 그 범위는 종종 인간의 이해를 넘어서기도 한다. 그는 빈소가 없는 장례식을 치르기로 했다. 가족도, 조문 올 사람도 없다는 그의 말에, 나는 그의 사정을 충분히 이해할 수 있었다. 그리고 고모가 한때 나에게 해준 말이 떠올랐다.

"태규는 엄마도 없고, 아빠도 저 지경이지만, 할머니도 있고 고모가 있으니 얼마나 든든하니 저 멀리 아프리카에 사는…"

그때 고모가 던진 말들이 전부 기억나지는 않지만, 그 당시에는 그 말이 위로보다는 조롱에 가까웠다고 느꼈던 기억이 있다. 하지만, 지금 집안에서 어머니의 영정 앞에서 울고 있는 그들을 보니, 그때의 고모의 말이 인제 와 조금은 위로가 되었다. 내가 가진 가족의 감사하는 마음이 들었다. 대규의 집은 한기가 서려 있는 듯했다. 외부의 차가운 기온보다 실내의 추위가 더욱 심해 보였다. 거실에서부터 들려오는 울음소리는 그 공간을 더욱 쓸쓸하게 만들었다. 하지만 그 울음소리 속에는 어떤 짙은 따뜻함이 느껴졌다. 대규의 동생이 그의 어깨에 기대어 울부짖는 모습을 보며, 나는 과거에 할머니를 잃었을 때의 그 슬픔이 떠올랐다. 그 슬픔과 울음은 어느 정도 익숙한 감정이었다. 대규가 나의 시선을 느낀 듯, 그의 눈이 나와 마주쳤다. 그의 눈에는 울음을 참고 있는 듯한 얼굴이었지만, 그 시선은 무척 공허해 보였다. 그리고 그는 아무런 말도 하지 않았다.

소중한 사람을 잃은 슬픔은 말로는 위로할 수 없는 깊이가 있다는 것을, 나 또한 경험을 통해 알고 있었다. 수많은 위로의 말들 속에서도, 진정한 위로가 되는 것은 그저 시간이었고, 때로는 그저 곁에 있어 주는 것만으로도 위로가 됐다. 그리고 대규에게 필요한 것 또한, 바로 그런 조용한 동행이었다.

어느 날보다도 의미가 깊은 생일이 될 것이다. 이제 내 생일을 그들에게 챙겨달라고 말할 수 없을 것 같았다. 오히려 내가 그들을 위해 준비를 해주어야 할 것 같았다. 내키지는 않지만, 현실을 부정할 수는 없었다. 결국 그들의 어머니조차도 신들의 이기적인 장난으로 쓰였다. 억울하고 비통하겠지만, 우리는 계속해서 살아가야 했다. 죽은 이들의 소망이자, 살아남은 이들의 의무니까.

발인과 화장이 마무리되고, 유골을 모시기 위해 우리 할머니가 안치된 사설 봉안당을 그들에게 추천했다. 비용이 조금 부담스럽긴 했지만, 주변에 친한 지인들이 함께한다면 그 가치는 충분히 있으리라 생각했다. 그러나 그들의 마음은 다른 곳에 있었다. 바다로 돌아가길 원했고, 특히 어머니의 고향인 인천으로 가고자 했다. 나는 그들의 선택을 전적으로 존중해주었다. 내가 할 수 있는 것은, 옆에서 그들의 말을 들어주는 것뿐이었다.

바다와 재회한 그 순간, 오랜만에 마주한 바다의 냄새는 어린 시절의 추억을 넘어서 더욱 비리고 짰다. 저 깊은 바닷속에, 수많은 영혼이 잠들어 있을 것이라는 생각이 스쳐 갔다. 그리고 이제 어머님도 그 깊은 곳에서 영원한 안식을 찾게 될 것이다. 대규는 어머니와의 마지막 여정을 함께하자고 제안했지만, 나는 그 제안을 받아들일 용기가 나지 않았다. 함께하기를 갈망했음에도 불구하고, 나는 그 한계선을 그어버렸다. 죽음과 그것을 마주하는 것에 대한 나의 두려움이 나를 멈추게 했다. 그래서 나는, 그저 선착장 주변에서 그들을 기다리기로 했다.

그들이 점점 시야에서 멀어질 때, 나는 어느새 내 안에 쌓였던 억압으로부터 해방되는 것을 느꼈다. 그리고 참고 있던 한숨을 내쉬었다. 그 한숨은 곧바로 하얀 입김이 되어 하늘로 솟구쳤고, 어느새 사라져버렸다. 마치 처음부터 그것이 존재하지 않았던 것처럼.

그때, 할머니가 어린 시절의 이야기를 해주셨던 기억이 문득 떠올랐다.

할머니는 바다를 바라보는 것조차 꺼렸다. 그 이유는 바다가 끝이 보이지 않는 광활함을 지녔기 때문이었다고 했다. 그 무한한 공간은 많은 생명을 삼킨 장소이기도 했다. 할머니의 이야기 속에서는 동네 사람들, 친구들, 심지어 가족들까지도 바다에서 목숨을 잃은 이들이 많았다고 했다.

그런 이야기들을 듣고 자란 탓에, 할머니는 바다를 혐오하기보다는 두려워하게 되었다고 말씀하셨다. 그 영향으로 나도 어린 시절 수영장이나 바다로의 여행이 드물었다.

오늘날, 끝없이 펼쳐진 바다를 바라보니 그때 느끼지

못한 공포가 나에게도 느껴졌다. 마치 그 광활한 바다가 언제든지 나를 삼켜버릴 것만 같은 느낌이었다. 물론, 착각이겠지만.

그 생각에 잠겨있는 도중, 여자 친구로부터 전화가 걸려 왔다. 나는 어색하게 놀러 나왔다고 말하면서 거짓말을 했다. 내 마음속에는 불편함이 자리 잡았지만, 그 사실을 드러내지는 않았다. 대규와 함께 있다는 사실도 함께 언급하지 않았다. 이 순간의 고통과 슬픔을 그녀와 나눌 필요가 없다고 느꼈다. 그녀의 목소리를 듣는 순간, 그동안 굳건히 잡고 있던 긴장이 풀리는 것 같았다. 그녀는 역시 지금 우리 상황과는 거리가 먼 존재였다.

잠시 후, 대규와 그의 가족이 탄 배가 다시 선착장으로 돌아오기 시작했다. 그들의 복귀가 생각보다 빨랐기에 조금 놀랐지만, 어머니의 유골을 바다에 뿌리고 오는 것이 전부라면, 시간이 오래 걸리지 않을 것이라는 생각이 들었다.

배에서 내려온 그들을 바라보는 순간, 내 눈앞에 있는 이들의 모습은 마치 이 세상 사람들이 아닌 것처럼 느껴졌다. 검은 양복을 입고, 화장기 없는 창백한 얼굴로 삶의 고통을 소리 없이 호소하는 것만 같았다. 그들의 눈에서는 더 이상 눈물이 흐르지 않았다. 모든 것을 쏟아낸 뒤의 텅 빈 듯한 표정이었다.

그들에게 다가가 조심스럽게 포옹을 건네자, 대규의 동생이 마치 그 순간을 기다렸다는 듯 흐느껴 울기 시작했다. 울음은 그 자리에 있던 모두에게 당연한 반응이었지만, 그녀가 내 품에서 울먹이는 것을 보며, 마치 내가 무언가 잘못한 것처럼 가슴이 아려왔다. 그러면서도 문득, 그녀가 어머니를 닮았다는 생각이 스쳐 지나갔다. 이런 상황에서 그런 생각을 하는 것이 부적절하다는 것을 알면서도, 나는 머리를 절레절레 흔들며 그 생각을 떨쳐내려 했다.

분위기를 전환할 필요가 있다고 느껴, 나는 조심스레 말을 꺼냈다.

"고생했다. 밥이나 먹고 가자."

한식당의 고요한 분위기 속에서, 우리가 주문한 음식들이 차례로 테이블 위에 놓였다. 하지만 대규와 그의 동생은 마치 음식이 보이지 않는 것처럼, 수저조차 손에 쥐지 않았다. 식당 안의 공기는 무거워만 갔고, 나 역시 그 분위기에 휩싸여 음식을 입에 대지 못했다. 숨을 쉬는 것조차

의식적으로 해야 했을 정도로, 우리 사이의 적막은 깊었다.

이런 분위기를 더는 견딜 수 없다고 느끼며, 무거운 침묵을 깨려는 찰나, 대규가 갑자기 음식에 손을 대기 시작했다. 그의 행동은 마치 무언가에 홀린 듯 허겁지겁 음식을 입에 넣었고, 그 모습이 어쩌면 내 눈치를 보고 반응한 것일지도 모른다는 생각이 들었다. 그의 행동에 미안함이 밀려왔다. 대규가 먼저 음식을 먹기 시작한 것을 보며, 나와 그녀도 조심스레 수저를 들기 시작했다. 그리고 나는 마음속으로 녀석에게 일렀다.

'역시 산 사람은 먹어야 살아.'

식사 후의 길은 유난히도 조용했다. 우리가 탄 택시 안에서는 오직 라디오에서 흘러나오는 음악만이 고요를 깨뜨리고 있었다. 택시 기사님은 무거운 공기를 짐작한 듯, 아무런 말 없이 차만 몰고 있었다. 그런 분위기 속에서, 대규가 가장 먼저 입을 열었다.

"고생 많았다."

"너도."

무미건조한 대화 이후의 침묵은 길게만 느껴졌다. 그러나 그 침묵을 깬 것은 대규였다.

"돈은 최대한 빨리 갚을게. 미안하다."

그의 말에 마음이 짠해졌다. 이런 상황에서 돈 얘기를 꺼내는 것 자체가 그에게 얼마나 큰 부담인지 짐작할 수 있었다. 마음 같아서는 안 갚아도 된다고 말하고 싶었지만… 마음뿐이었다.

그들을 집 앞에 내려주고 혼자 집으로 돌아와서는, 지쳐 침대에 몸을 던졌다. 어두운 방 안에서, 지난 며칠 동안 있었던 일들을 하나하나 되새겼다. 슬픔과 고통이 뒤섞인 시간이었다. 그 안에서 나도 자신만의 고통을 겪었지만, 그것은 대규와 그의 가족이 겪어야 했던 고통에 비하면 아무것도 아니었다. 나 역시 비슷한 상황을 겪어봤기에 그들의 아픔이 얼마나 클지 짐작할 수 있었다.

생각에서 빠져나올 수 있던 이유는 문자 소리 때문이었다. 만약 그 소리가 들리지 않았다면, 나는 지금쯤 깊은 잠에 빠져있었을 것이다. 문자를 보낸 이는 대규의 동생이었다.

"어제오늘 너무 감사합니다. 덕분에 어머니도 잘 모셨습니다."

그녀의 말에서는 어린 나이에 비해 성숙함이 느껴졌다.

나는 그녀가 어머니를 많이 닮았다고 생각했다. 피곤한 몸을 일으켜 앉아, 그녀에게 답장을 보냈다.

"너도 고생 많았어. 무슨 일 생기면 연락해."

문자를 보낸 후에야, 내 답장이 어둡고 침울한 집안 분위기에 영향을 받아, 마치 무슨 일이라도 생기기를 바라는 것처럼 해석될 수도 있겠다는 생각이 들었다. 하지만 나는 그들에게 진심으로 좋은 일만 가득하기를 바랐다. 그들이 어려움에 직면했을 때, 나는 그저 바라보고만 있지 않을 것이다. 나는 그들의 부모가 될 수는 없지만, 의지할 수 있는 존재가 될 필요가 있었다.

답장을 보낸 후, 방 안의 정적 속에서, 나는 다시금 깊은 생각에 빠졌다. 할머니께서는 거의 식물인간과 다름없는 상태로 2년이나 계셨다. 그 시간 동안 아무도 할머니께서 얼마나 더 생을 이어가실지 예측할 수 없었다. 고모들은 마치 대본처럼 매년 "올해는 할머니가 버티시지 못할 것 같아"라며, 할머니의 임박한 죽음을 언급했다. 나 역시 그 말을 부정하지 않았다. 보이는 현실이 그러했으니까. 결국, 할머니는 우리가 수없이 언급했던 '올해'을 맞이하시며 우리 곁을 떠나셨다. 할머니께서는 죽음을 미리 알리셨지만, 그것으로 미래를 예측할 수는 없었다.

반면, 대규의 어머니께서는 아무런 예고 없이 갑작스레 곁을 떠나셨다. 그 사실은 미래에 대한 어떠한 예측도 할 수 없음을 다시 한번 일깨워주었다. 그들은 준비되지 않은 상태에서 비보와 마주했고, 그로 인한 상심은 말로 다 할 수 없을 정도로 깊었다. 나는 시간이 나의 상처를 조금씩 치유해 준 것처럼, 대규와 그의 가족도 시간을 통해 그들의 상처가 서서히 아물기를 바랐다. 하지만 그 상처가 아물기 이전에, 그들이 마주한 가혹한 현실을 어떻게든 덮어줄 수 있기를 소망했다. 그들은 지금 현실을 부정할 필요가 있었다.

여자 친구는 최근 내 얼굴빛이 어두워 보인다고 걱정했다. 나는 들키지 않으려고 애썼지만, 그녀의 날카로운 직감은 숨길 수 있는 것이 아니었다.

"최근에 친하게 알던 사람이 돌아가셨거든."

나의 고백에 그녀는 아무 말 없이 내 손을 꼭 잡아주었다. 그 손길이 예상외로 차갑게 느껴졌음에도, 그녀의 마음에서는 따뜻한 공감이 전해져 왔다. 그녀의 이러한 모습에 깊이 감사함을 느꼈다. 내 마음속 깊은 곳에 자리 잡고 있던 근심이 그녀에게 전해진 것 같아 미안한 마음이 커져만 갔다. 앞으로는 좀 더 마음을 감추려고 해야겠다고 다짐했다.

"고마워 오랜만에 치유가 좀 되네."

내가 진심을 담아 말하자, 그녀는 장난스레 나의 손을 뿌리치며 대꾸했다.

"오랜만이라니, 그럼 나는 요즘 네게 아무것도 아니었다는 건가?"

그녀의 말에 나는 순간 당황했다. 겨울이었지만, 갑자기 몸에서 열기가 느껴졌다. 아무래도 단어 선택이 잘못된 것 같았다. 그녀는 곧바로 자신이 장난을 친 것이라고 말했지만, 그 순간만큼은 절대 장난 같은 순간이 아니었다.

녀석에게서 연락이 온 건 비보가 전해진 지 열흘쯤 지난 후였다. '술이라도 같이 하자'는 간단한 메시지였다. 마치 모든 것이 다시 원래대로 돌아온 것처럼 보였지만, 나는 그게 그리 간단한 일이 아님을 알고 있었다. 그래도 생각을 뒤로한 채 그의 집으로 발걸음을 옮겼다.

그의 집은 들어서는 순간부터 싸늘함과 쓸쓸함이 감돌았고, 그 어느 곳에서도 사람의 온기를 느낄 수 없었다. 보일러를 좀 틀어달라고 부탁하고 싶었지만, 그런 말을 꺼내는 것 자체가 무의미하다고 느껴져 입을 열지 못했다.

나는 술을 즐기지 않았으나, 술자리에 자주 참석하는 편이었다. 이는 모두가 한자리에 모여 밤을 보내는 그 순간의 동질감과 일탈을 즐기기 때문이었다. 그 순간만큼은 우리가 모두 일상에서 벗어나 다른 세계로 건너간 듯한 착각에 빠져들곤 했다. 이날의 술자리도 마찬가지였다. 모두가 하나 되어 기쁜 날로 기억될 수 있기를 바랐다.

특히, 녀석의 동생과 술을 마시는 것은 이번이 처음이었다. 순간, 어린 시절 그녀가 녀석을 졸졸 따라다니던 모습이 스쳤다. 벌써 성인이 되어 이 자리에 함께하고 있다니, 시간이 얼마나 빠르게 흘러갔는지 실감이 나지 않았다. 그녀는 술에 약한 듯했으나, 어떻게든 마시려는 의지를 보였다. 나는 그녀에게 무리하지 말라고 조언하고 싶었지만, 그냥 모른 척하기로 했다. 불필요하게 꼰대처럼 보이고 싶지 않았다. 반면 녀석은 마치 물을 마시듯 술을 마셨다. 나는 그를 말리지 않았다. 과거 나 역시 그 방법으로 많은 위안을 받았었다. 술만이 그의 고통과 분노를 잊게 해줄 수 있을 테니까. 그때, 녀석이 동생에게 말했다.

"야, 너는 냉장고 열어서 초코우유나 꺼내 먹어라."

"너 죽는다…"

특별한 이야기를 만들 필요 없이, 우리는 이미 현실의 구속에서 벗어나 자유를 만끽하고 있었다. 그들의 모습을 보며 나도 모르게 미소가 지어졌다. 그러던 중, 녀석이 뜬금없는 제안을 했다.

"우리 다 같이 여행이나 가자."

"갑자기?"

"오빠 벌써 취했어…?"

녀석은 진심 어린 눈빛으로 우리를 바라보며 말했다.

"너희가 있어 너무 행복하다. 그러니까 꼭 가자, 여행."

"취했네, 취했어…"

우리는 서로를 바라보며 웃음을 터뜨렸다. 그 순간, '여행'이라는 단어가 나의 입가를 스쳤다. 그 단어는 어딘가 멀리 있는 듯한 느낌을 주었다. 기회가 온다면 꼭 가보고 싶었지만, 그것이 현실에서 얼마나 가능한 일인지는 미지수였다.

그렇게 우리는 밤으로 뛰어들었지만, 새로운 세상을 발견하기 전에 다음 날의 태양이 우리를 깨웠다.

녀석과 나는 그날 단둘이 술집에 앉아있었다. 간단한 마른안주와 소주를 주문해 마시기 시작했다. 속이 메스꺼울 정도의 쓴맛이었다.

시간이 지날수록 녀석의 술 솜씨는 점점 늘어만 갔다. 그의 모습은 이제 대낮부터 술병을 들고 다니는 동네 아저씨를 연상시켰다. 그런 녀석을 보며, 나는 걱정이 됐다.

“야야, 그만 좀 마셔. 적당히 마셨잖아.”

나의 조심스러운 말에도 불구하고, 녀석은 술주정을 시작했다.

“너까지 나 무시하냐? 내가 하찮아? 막노동도 잘렸다. 이 말이지, 지금?”

“그 말이 아니잖아.”

“그냥 아주 동네방네 소문내지, 그러냐?”

그는 자리에서 일어나며 큰 소리로 주변에 소란을 피우기 시작했다.

“저기요, 동네 사람들! 저는 엄마도 없고, 하던 일도 잘

렸어요."

의외로 녀석의 발음은 또박또박하고 정확했다. 나는 그를 진정시키려 안간힘을 썼다. 솔직히 말하자면, 진정보다는 진압에 가까운 노력이었다.

"야, 야. 내가 미안해. 일단 나가자."

술집의 시끄러운 분위기를 뒤로하고, 나는 급히 계산대로 향했다. 술값을 지불하고, 녀석을 데리고 밖으로 나섰다.

녀석은 겨우 몇 걸음을 걷다가, 곧 바닥에 주저앉았다. 나는 편의점으로 달려가 이온 음료와 숙취해소제를 사 와서 건넸지만, 그는 마실 여력조차 없어 보였다. 그리고 녀석의 술기운 아래 숨겨진 감정이 서서히 표면으로 올라왔다.

"하긴 돈 걱정 없이 살아온 니가 뭘 알겠냐? 아니, 고마워. 나는 니가 진짜 고맙거든? 근데 그거 동정이잖아. 너도 내가 불쌍한 거잖아. 그잖아?"

녀석의 말이 점점 날카로워졌다. 그의 말에 분노가 치밀었지만, 참으며 말했다.

"무슨 소리야, 나도 이제 돈 없어."

"그게 중요한 게 아니잖아! 알았어, 알았다고 빨리 갚으면 되잖아."

녀석이 조금 내 눈치를 보는 듯했다. 아마도 내가 돈이 없는 이유를 그가 빌린 돈 때문이라고 여겼기 때문인 듯했다. 하지만 나도 더 이상 참을 수 없었다.

"너 말 다했냐? 너 좀 너무하지 않아? 나는 니가 어머니도 돌아가시고 힘들어 보여서 도와준 거야. 지금도 네가 안타까워서 참고 있는 거고."

녀석은 내 말을 듣고는 비웃으며 말했다.

"역시 안타깝고, 불쌍한 거잖아. 결국 그게 동정이야."

더 이상 반박할 말이 없었다. 그가 계속했다.

"너 요즘 여자 친구랑 잘 지내는 거 내가 모를 줄 알아? 너 표정만 봐도 다 알아. 나는 너랑 달라. 불행하고 절망스럽다고, 너는 그냥 내가 자기처럼 엄마가 없으니까 안타까운 거야. 근데 말이야, 너는 엄마도 없었으면서 뭘 안다고 함부로 지껄이냐?"

잠시 침묵이 흘렀다. 그의 입가가 서서히 굳어지는 것 같았다. 자신도 말을 잘못했다는 것을 깨달았을 테지만, 그는 사과하지 않았다. 그리고 나도 사과받고 싶지 않았다.

"이제 그만하자, 지겹다."

비록 불쾌했지만, 그의 말에 반박하지 않았다. 그의 말이 모두 맞았기 때문이다. 그보다 더 잘살았던 것도 사실이고, 어머니가 돌아가시는 순간부터 그를 동정하고 있었고, 안타깝게 생각했을지도 모른다. 그의 말이 모두 옳았다. 혼자 집으로 돌아가는 길은 굉장히 외롭고 멀게만 느껴졌다. 그에게 약간 화가 나는 것은 사실이었지만, 분노보다는 실망감이 더 컸다. 그 이후로 우리는 연락하지 않았다.

나쁜 꿈을 꾸었다.

그날은 나에게 평생 잊히지 않을 악몽과도 같은 날이었다. 고등학교에서 평범한 하루를 마무리하고, 방과 후 체육활동을 시작하기 직전이었다. 그때, 둘째 고모로부터 예상치 못한 전화가 걸려 왔다. 할머니가 자기 집이 아닌 옆집을 착각하여 문을 두드리며 들어오게 해달라고 소란을 피우고 있다는 것이었다. 나는 무슨 일인지 이해할 수 없었다. 최근 할머니는 자주 외출하시곤 했지만, 돌아오시는 시간이 늦는 경우는 있어도 이렇게 남의 집 문을 두드리시는 일은 없었다. 이상함을 느끼며 곧장 집으로 달려갔다.

할머니는 집 앞에서 나를 마주치자 마치 아무 일도 없었다는 듯 평소처럼 반겨주셨다. 그 순간, 내가 무언가 잘

못된 것처럼 느껴졌다. 이 일로 고모와 통화를 다시 했다. 고모의 다음 말은 나를 충격에 빠뜨렸다.

"요즘 할머니 정신이 오락가락하시니까 니가 좀 잘 챙겨드려야겠다. 요즘 치매가 더 심해지셔서…"

그 말이 끝나기도 전에, 나는 마음 한편에서 깊은 충격을 받았다. 그동안 나는 할머니의 변화를 단순한 노화 일부로만 여겼다. 하지만 '치매'라는 단어가 들리는 순간, 나는 할머니의 상태가 단순한 노화를 넘어선 것임을 깨달았다. 그 단어는 할머니가 겪고 있는 심각한 상황을 냉정하고 뚜렷하게 나타내고 있었다.

그 순간부터 할머니의 이전 행동들이 새로운 의미로 다가왔다. 할머니가 왜 밤늦게까지 돌아다니시고, 남의 집 문을 두드리셨는지, 그리고 왜 자주 나를 알아보지 못하셨는지, 모든 것이 이제는 명확해졌다. 그런 할머니를 보며 느꼈던 당혹감과 불편함 대신, 이제는 오직 깊은 죄책감과 연민만이 내 마음을 가득 채웠다. 그리고 나는 다짐했다. 더 이상의 오늘 같은 날이 오지 않도록, 오늘날의 아픔을 마음 깊이 새기며 같은 실수를 반복하지 않겠다고. 나를 사랑해 준 사람들과 내가 진심으로 사랑하는 이들을 위해

서라도. 그러나 내 결심은 헛된 것이었다.

얼마 지나지 않아, 할머니는 나를 알아보지 못하셨고, 나의 존재를 옆에서도 찾으셨다. 그 이후로 나는 더 이상 눈물을 흘리지 않았다. 할머니의 장례식 날조차 눈물 한 방울 흘리지 않았다. 이미 내 마음속에서 할머니는 치매와 함께 돌아가셨다.

악몽에서 깨어나, 나는 침대에서 천천히 몸을 일으켰다. 몸은 무겁고, 숙취는 마치 머리를 쥐어짜는 듯 아팠다. 악몽의 여파로 마음은 심란하기만 했다. 이런 날은 외출을 피해야겠다는 생각이 들었다. 마치 불길한 예감이 나를 둘러싸고 있는 것 같았다. 불안한 하루의 시작이었다.

종교나 유령에 대한 믿음은 없었지만, 미신에 대해서는 언제나 마음이 기울었다. 이는 어린 시절 할머니와의 시간에서 비롯된 영향이 크다고 생각했다. 그래서 이날은 모든 약속을 취소하기로 했다. 아이러니하게도 오늘 나의 유일한 약속은 아르바이트 면접이었다.

아르바이트 사장님께 급한 일이 생겼다고 문자를 보냈다. 마음 한구석에서는 '숙취 때문이 아닙니다.'라고 덧붙이고 싶었지만, 그러한 사유는 필요하지 않았다. 못 간다는 현실은 변하지 않으니까. 문자에 대한 답장이 없었기에, 아마도 새로운 아르바이트를 찾아봐야 할 상황인 듯했다. 이번 아르바이트가 처음으로 구한 일이긴 했지만, 다시 찾아보면 될 일이었다. 숙취로 인해 밥보다는 잠이 더 간절했다. 오늘은 어차피 다른 계획도 없으니, 잠에 몸을 맡기기로 했다. 그리고 잠들기 전에 또 다른 사건이 떠올랐다.

할머니의 늦은 귀가는 점점 더 잦아졌고, 그날 밤도 예외는 아니었다. 할머니가 어디로 가셨는지, 왜 이렇게 늦게까지 돌아오시지 않는지 아무도 몰랐다. 나는 고민 끝에 고모와 아버지에게 전화를 걸어 할머니의 소식을 알렸다. 경찰서에도 방문해봤지만, 답답한 마음만 커져갔다. 가만히 앉아서 기다릴 순 없었다. 나는 결국 할머니를 찾아 밤거리를 헤맸다. 큰소리로 할머니의 이름을 부르는 것은 밤중에 무리였지만, 그런 상황을 고려할 여유조차 없었다. 밤이 깊어 시야도 흐릿했다. 숨이 차오르고, 몸은 점점 지쳐갔지만, 나는 멈추지 않았다. 하지만 어디에 계실지, 어디로 가셨을지 아무리 생각해도 단서조차 떠오르지 않았다.

그 순간, 주머니 속 핸드폰이 울렸다. 전화는 대규였다. 나는 상황이 급하니 나중에 다시 연락하자고 했지만, 대규의 다음 말에 나는 숨을 멈췄다.

"할머니 여기 계시는데?"

가쁜 숨을 몰아쉬며 심장이 미친 듯이 뛰었다. 그리고 설명할 수 없는 무기력함이 내 마음을 짓눌렀다.

"거기가 어디야."

할머니는 이전에 살던 집 앞에 서 계셨다. 녀석은 우연히 그곳을 지나다 할머니와 닮은 분을 보고 가까이 다가가니 정말 할머니였다고 했다. 나는 가족들에게 연락한 뒤, 그곳으로 향했다. 현재 사는 곳에서 그곳까지 걸어서 40분 정도 걸릴 것 같았다. 할머니가 어떻게 그곳까지 가 계셨는지, 왜 그곳에 계셨는지는 아무도 몰랐다. 도착하니 녀석이 나를 맞이했다. 나는 그에게 고마움을 표하고 집으로 돌아가라고 말했다. 녀석은 아무 말 없이 돌아갔다. 할머니는 집 앞에 서 계셨다. 할머니를 보니 안심보다는 허무한 마음이 들었다. 나는 할머니께 말을 건넸다.

"할머니! 내가 얼마나 찾았는지 알아? 여기서 뭐 해?"

"추워, 집에 갈래."

할머니의 얼굴엔 아무것도 모르겠다는 표정이 역력했다. 이곳에 어떻게 오게 되었는지, 왜 왔는지, 자신이 누구인지. 이 사건을 계기로 할머니는 요양원에 입원하셨다.

약 5분 정도 더 잔 것 같았다. 잠에서 깨운 것은 전화벨 소리였다. 대규의 동생이었다.

"오빠, 자고 있었어? 미안해."

"아니, 괜찮아. 무슨 일이야?"

"오빠가 연락이 안 돼서…"

"아, 그래?"

솔직히, 그 정도로 걱정할 일인가 싶었지만, 전화 너머로 느껴지는 그녀의 불안함이 실감 나게 다가왔다. 그녀는 진심으로 걱정하고 있었다. 그녀가 말을 이었다.

"내가 지금 밖에 있어. 혹시 오빠가 먼저 집에 좀 가봐 줄 수 있을까? 나도 곧 갈 거야."

솔직히 말하자면, 피곤함과 남은 숙취로 인해 거절하고 싶은 마음이 강했다. 더욱이, 그와 화해도 하지 않은 상태였다. 아마도 그녀는 우리가 심하게 다툰 사실을 모르는 듯했다. 알고 있었다면 이런 부탁은 하지 않았을 것이다.

하지만 그와의 갈등을 그의 동생에게 풀 수는 없었다.

"알았어, 나도 가보지 뭐."

그녀의 떨림이 가득한 목소리를 듣자, 나의 마음도 점차 불안해지기 시작했다. 마음 한편으로는 최악의 상황을 떠올렸다. 자살. 혹시 그녀도 같은 걱정을 하고 있을까? 그러나 이런 생각은 지나친 망상이었다. 나는 마음을 다잡으며 중얼거렸다. "설마…" 녀석과의 연락이 닿지 않았다. 그 어떤 일도 일어나지 않았기를 간절히 바랐다. 그의 집에 도착하여 미리 알려준 비밀번호로 문을 열고 들어갔다. 신발이 보이는 걸로 봐서 그가 집에 있는 건 분명했다. 하지만 어떤 소리도 들리지 않았다. 방문을 조심스럽게 열었을 때, 내 눈 앞에 펼쳐진 건 바닥에 쓰러져 있는 녀석의 모습이었다.

*

수술은 무사히 마쳤으나, 의식을 회복하는 데는 어려움이 있어 보였다. 옆에서 계속 지켜드리고 싶은 마음이 간절했지만, 현실은 그럴 여유를 주지 않았다. 나는 이른 시일 안에 일자리를 찾아 돈을 벌어야만 했다. 이미 큰 도움을 준 그에게 실망스러운 모습을 보이고 싶지 않았다. 인력사무소를 통해 건설 현장에서 일할 기회를 얻었다. 처음 도전하는 일이라 다소 걱정이 앞섰지만, 병상의 엄마와 그를 생각하며, 어떤 일이든 해내리라 다짐했다. 일 자체는 복잡하지 않았으나, 육체적으로 상당히 힘든 일이었다. 힘들수록 더욱 생각을 비우고 몸을 움직이며, 나는 그 순간 순간을 견뎌냈다.

점차 사생활이 사라지고 있다는 것을 실감했다. 어머

니와 그 녀석 모두에게 얼굴을 비추기가 쉽지 않았다. 나는 병간호를 담당하는 아주머니에게 일이 바빠 자주 찾아뵙지 못할 것 같으니, 매일 상황을 전해달라고 부탁드렸다. 아주머니는 기꺼이 수락해주셨고, 나는 이에 감사의 뜻으로 마지막 날에는 조금 더 돈을 챙겨드려야겠다고 생각했다. 핸드폰만 들여다보며 쉴 시간이 아니었다. 나는 쉼 없이 움직여야만 했다.

현장에서 일하는 아저씨들이 담배를 자주 권했다. 예전에는 나도 피웠지만, 돈이 많이 들어서 그만뒀다. 옆에서 일하던 아저씨가 말을 건네왔다.

"무슨 일이 있는지는 모르겠지만, 어느 정도 벌었다 싶으면 돌아가. 몸 상한다."

'죄송하지만, 아저씨 저에게 돌아갈 곳이 없습니다.'라고 말하고 싶었지만, 고개를 끄덕이며 담배를 한 대 빌려 피우는 것으로 답했다. 담배 연기가 폐를 가득 메우며 숨이 막혔지만, 그 순간만큼은 내 상황과 너무도 잘 어울렸다.

오랜만에 녀석을 만나기로 했다. 우리는 서로에게 중요한 친구이자, 그가 나에게는 은인 같은 존재였기에 거부감 없이 만날 수 있다. 그러나 이젠 아니었다. 서로 마주 앉은 순간, 우리 사이의 공기는 예전 같지 않았다. 친구라는 이름보다는 채권자와 채무자라는 관계가 더욱 강렬하게 느껴졌다.

아직 갚을 돈은 없지만, 되는 데로 갚겠다고 전했다.

녀석은 최근 있었던 일들을 하나하나 풀어놓았다. 모두 그에게 있어서는 행복한 순간들이었다. 그의 말들이 때로는 자랑처럼 들렸지만, 나의 귀에는 그저 멀리 있는 이야기처럼만 느껴졌다. 나는 그 순간 내 마음 한편을 차지하고 있는 엄마에 관한 이야기를 끄집어냈다. 그러나 그 이야기를 직접 입 밖에 내며 말하기 시작하자, 슬픔이 밀려와 가슴이 답답해졌다. 그래서 나는 결국 오늘은 여기까지만 하자고 말했다.

공사 현장의 마지막 날이었다. 그동안의 노고를 인정받아 인력사무소로부터 고마움의 말과 함께 보너스까지 받았다. 다음 주에 시작될 새로운 현장에서도 기대한다는 말에 나는 뭔가를 이룬 듯한 기분이었다. 인정받는다는 것의 기쁨과 보상을 받는다는 사실이 뿌듯했다. 하지만 그 기쁨도 잠시, 엄마를 찾아가야 한다는 현실의 무게가 다시금 나를 짓눌렀다.

병실에 도착했을 때, 이미 그가 거기 있었다. 우리 사이에 약속된 것은 없었지만, 그의 모습은 마치 기다린 듯이 보였다. 그는 잠시 밖으로 나가 이야기하자고 제안했다. 나는 그의 요청을 거절할 수 없었다. 우연히 만난 것보다는 어느 정도 계획된 만남처럼 느껴졌다. 어쩐지 그가 돈을 요구할 것 같은 예감이 들었다. 그렇다고 그가 그럴 사람은 아니었지만, 빌려준 돈이 적지 않아 그럴 가능성이 전혀 없지는 않았다. 이제 우리는 더 이상 예전처럼 편하게 대화할 수 없는 사이가 되어버렸다. 아직 갚을 돈이 없지만, 가능한 한 빨리 해결하겠다고 약속했다. 내 말을 전하자, 그의 얼굴에 일그러짐이 스쳐 갔다. 아마도 내가 돈을 늦게 갚는 것에 대한 불만이었을 것이다. "조금만 더 기다려 달라"고 부탁하고 싶었지만, 그런 말이 입 밖으로 나오지는 않았다. 그는 최근 초등학교 시절 친구와 사귀기 시작했다고 했다. 이름이 주세희였다. 낯설지 않은 이름에 잠시 생각에 잠겼다가, 울보라는 이야기를 듣고 바로 떠올랐다. "언제 기회가 되면 소개해줘"라고 말하며, 헤어졌다. 물론 기회가 온다면 말이다.

간병인 아주머니의 말로 들었던 것보다 엄마의 상태가

훨씬 더 심각하다는 것을 알 수 있었다. 엄마를 바라보는 것만으로도 내 마음은 깊은 고통과 슬픔으로 가득 찼다. 이곳에 오래 머무르는 것이 나에게는 너무나도 힘든 일이었다. 아직 현실과 직면하기에는 나의 마음이 너무나도 연약했다.

겨울의 건설 현장은 생각했던 것보다 나쁘지 않았다. 적당히 체온을 유지할 수 있어서, 오히려 일하기에 적합했다. 현장에서 피우는 담배 한 모금의 따스함과 맛은 어디에서도 느낄 수 없는 특별한 만족감을 주었다. 그리고 수입도 나쁘지 않았다. 이 일이 나와 잘 맞는 것 같다는 생각이 들기 시작했다. 하지만, 엄마의 상태가 위독하다는 전화를 받기 전까지만 그랬다.

병원에 도착했을 때, 수술은 이미 진행 중이었다. 동생은 이미 정신을 놓은 상태였다. 나는 조심스럽게 그녀의 어깨를 끌어안아 주었다. 그녀의 어깨는 힘없이 축 처져 있었다. 마음속으로는 원망이 솟구쳤다. 이런 시련을 왜 겪어야 하는지, 이해할 수 없었다. 시간이 조금 더 흘러, 수술이 끝났다는 신호를 받고 우리는 수술방 앞에서 담당 의사를 기다렸다. 가슴속엔 묻고 싶은 질문들로 가득 차 있었지만, 결국엔 말 한마디 하지 못했다. 의사는 우리 엄마의 사망선고를 내렸다.

의사의 말은 끝없이 이어졌지만, 그저 귀에 거슬리는 소음으로만 들렸다. 결국 의사는 말을 마치고 가벼운 인사만을 남기며 우리의 시야에서 멀어져 갔다. 나와 동생은 그 자리에 주저앉아 한없이 울었다.

엄마는 예전부터 빈소 없이 장례를 치르길 원하셨고, 유골은 고향인 인천 앞바다에 뿌려달라고 부탁하셨다. 그 말씀을 들을 때마다, 나는 재수 없는 소리 하지 말라며 큰소리를 쳤었다. 하지만 이제 그 쓸데없고 재수 없다고 생각했던 일이 일어났다. 녀석에게 이 소식을 전해야 하지만, 쉽지 않았다. 더구나 오늘은 그의 생일이었다. 미안했지만, 오늘만큼은 조금 이기적이어야 했다. 나는 고민 끝에 녀석에게 전화를 걸었다.

관계자는 화장까지는 일정 시간이 필요하다며, 그 사이 집에서 기다려달라고 요청했다. 집안 한쪽에 엄마의 영정과 간소한 차례상을 마련했다. 동생은 영정 앞에서 끝없이 눈물을 흘렸지만, 나는 눈물 한 방울 흘리지 못했다. 마음속이 텅 비어 아무 생각도, 아무 감정도 일어나지 않았다.

오로지 엄마가 보고 싶은 마음뿐이었다. 그때, 현관에서 소리가 들려왔다. 아마 그가 온 것 같았다. 그의 모습을 보아하니 밖에는 눈이 내리고 있는 듯했다. 문득 오늘은 건설현장도 쉬는 날이겠구나 생각했다. 그의 등장으로 머릿속이 잡념으로 가득 찼다. 그래서 다시 한번 영정 바라보았다. 여전히 아무런 생각이 들지 않았다.

화장 절차가 끝나고 어머니의 유골을 받아든 순간, 무게감보다 더 크게 다가온 것은 그 가벼움이었다. 그 순간, 마지막으로 목격했던 어머니의 야윈 팔과 다리가 떠올랐다. 이젠 의미가 없었다.

녀석이 최근에 방문했던 봉안당을 추천해줬지만, 우리 가족은 이미 엄마의 유골을 바다에 뿌리기로 했다. 녀석도 배에 같이 탔으면 좋았을 텐데, 그는 마다했다. 그의 마음이 어느 정도 이해는 갔다. 목적지에 도착해 엄마의 유골을 조심스럽게 바다에 뿌렸을 때, 그 순간은 부드럽고도 서글펐다. 우리는 잠시 눈을 감고 묵념을 올렸다. 동생의 눈에서도 눈물이 보이지 않았다. 그 이유를 알게 된 것은 잠시 후였다. 우리 둘 다 뱃멀미를 느끼고 있었다. 슬픔보다 속이 불편함을 더 크게 느꼈다. 육지가 시야에 들어오자마자, 우리는 빨리 내리고 싶다는 생각만 했다. 배에서 내려 장례를 도와준 이들과 간단히 인사를 나눈 후, 기다리고 있던 녀석이 다가와 밥을 먹고 가자고 제안했다. 엄마의 고향을 방문한 김에, 근처 식당에서 한 끼를 함께하기로 했다.

우리는 그렇게 식당으로 향했다. 주문한 음식 앞에서, 우리 셋은 한동안 말없이 앉아만 있었다. 나와 동생이라면 그렇다 치더라도, 함께해 준 녀석마저 눈치를 보며 조용히 있었다. 그를 위해 여기까지 온 것을 생각하면, 그에게 눈치를 주는 것은 예의가 아니었다고 생각했다. 비록 입맛은 없었지만, 나는 그 분위기를 깨고자 눈앞에 놓인 음식을 허겁지겁 먹었다.

식사를 마친 후, 우리는 택시를 타고 서울로 돌아가기로 했다. 택시 안에서는 마치 초상집 같은 침묵이 흘렀다. 분위기는 실제로 초상집이었지만, 주변 사람들에게까지 그 슬픔을 전파하고 싶지는 않았다. 대화를 시도하려 했지만, 적절한 화제가 떠오르지 않았다. 결국, 나는 그에게 남은 돈을 가능한 한 빨리 갚겠다는 말만 꺼냈지만, 그는 아무런 대답 없이 창밖만 바라보았다.

집에 도착한 후, 동생은 방 안으로 들어가자마자 쓰러져 잠이 든 듯했다.

오랜만에 깨끗하게 몸을 씻고 침대에 누웠을 때, 나는 사색에 잠겼다. 엄마와 보냈던 날들이 마치 비디오처럼 내 머릿속을 스쳐 지나갔다. 그 시간은 너무나 꿈같이 느껴졌다. 만약 그 모든 것이 정말 꿈이었다면, 나는 그 꿈속에서 계속 살고 싶었다. 하지만 현실은 엄마가 이 세상에 없다는 것이었다.

잠들기 전, 나는 기도했다. 자고 일어나면 이 모든 게 꿈이길, 엄마가 여전히 나를 반겨줄 것이라고.

어린 시절, 엄마는 그 녀석을 볼 때마다 사이좋게 지내라며, 그에게 용돈을 주곤 했다. 그 모습을 본 나는 엄마에게 다가가 불만을 터뜨렸다.

"돈이 없다면서! 용돈을 못 준다면서! 왜 나한테는 안 주고 쟤만 주는데!"

나의 항의에 엄마는 항상 불같이 화를 내셨다.

"시끄러워! 가만히 있어!"

그 시절의 엄마는 불같았다. 하지만 녀석은 언제나 엄

마에게 받은 돈을 나와 반반 나눠 가졌다. 그 후, 우리는 문방구로 향해 같이 간식을 사 먹거나 게임을 하는 것이 일상이었다. 이런 모습을 보면서, 엄마가 매일 그에게 용돈을 주는 것도 나쁘지 않다고 생각했다.

중학교 3학년 때의 일이다. 엄마가 반찬을 너무 많이 만들었다며, 그것을 녀석의 집에 나눠주러 가라는 심부름을 맡겼다. 가기 싫어서 여러 번 고집을 부렸지만 결국 실패했다. 무거운 발걸음을 옮겨 녀석의 집 앞까지 갔고, 거기서 초인종을 누르고 누군가 문을 열기만을 기다렸다. 조금 후, 문이 열리고 그의 할머니가 나타나셨다.

"태규 왔구나? 근데 왜 초인종을 눌렀어, 그냥 들어오지."

나는 순간 할머니가 나를 녀석과 혼동하신 줄 알았다. 하지만, 그 후 이어진 말씀에 내 예상을 벗어났다.

"어서 들어와 밥이나 먹자."

나는 어쩔 수 없이 집 안으로 들어왔다. 녀석은 아직 돌아오지 않은 것 같았다. 할머니는 내가 들고 온 반찬 보따리를 풀며 이야기를 시작하셨다.

"어디서 이런 걸 얻어왔어?"

순간 나는 당황했다.

"네? 엄마가 많이 했다고 해서 싸 왔어요."

내 대답에 할머니는 미소를 지으시며 말씀하셨다.

"대규네 엄마 말하는 거지? 늘 상냥하시기도 하지… 나중에 고맙다는 인사 전해라."

나는 혼란스러웠지만, 할머니의 따뜻한 마음씨에 안심이 되었다.

잠시 후, 현관문 너머로 들어서는 녀석의 모습에 할머니의 표정이 잠시 일그러졌다. 그러나 곧 환하게 웃으시며 말씀하셨다.

"태규 왔구나! 어서 와서 앉으렴. 대규도 왔구나."

이상하게 느껴지는 분위기였지만, 나는 신경 쓰지 않기로 했다. 그리고 몇 년 후, 그가 할머니의 치매 소식을 나에게 전했다.

이상한 꿈들이 연속되면서, 나는 일상의 모든 순간에 엄마의 형상을 발견하곤 했다. 주방에서 식사 준비하다가도, 화장실의 거울 속에서도, 심지어 마트의 복잡한 통로를 걸으며 엄마의 모습이 눈에 들어왔다. 그러나 그 모습은 나의 인식이 미치는 순간, 마치 안개처럼 흩어져 사라졌다. 나는 이 현상에 대해 심각한 병에 걸렸음을 자각했다. 하지만 이 병이 반드시 나쁜 것만은 아니라고 생각했다. 엄마를 볼 수 있고, 엄마와의 추억을 떠올릴 수 있다면, 그것은 나름대로 평안함과 행복을 가져다주었다.

현장에 도착한 순간부터, 앞에서 들리는 외침이 내 귀를 때렸다.

"야, 이봐! 뭐하고 서 있어? 얼른 비켜!"

나는 잠시 혼란스러웠다. 그렇다, 내 역할은 바로 이것이었다. 자재를 옮기는 일. 순간적으로 멍하니 서 있던 나는, 그 외침에 정신을 차리고 서둘러 자재를 옮기기 위해 움직였다. 하지만 발걸음을 옮길 때마다 머릿속에는 엄마에 관한 생각, 그리고 다른 수많은 생각들이 교차했다. 생각이 깊어질수록 더욱 많은 생각들이 나를 에워쌌다. 그럴 때마다 나는 황급히 고개를 흔들어 그 생각들을 털어내려 애썼다.

사무실 문을 열고 들어서니, 사장님의 진지한 표정이 나를 맞이했다. 그는 조심스럽게 돈을 건네며 말했다.

"고생했어. 어머니 일은 명복을 비마. 내 사비도 조금 더 챙겨 넣었다. 그리고…"

그가 숨을 고르고 다시 한번 조심스러운 목소리로 계속했다.

"현장의 몇몇 이야기를 종합해보니, 네가 이 일을 계속하기에는 아직 때가 아닌 것 같아. 마음의 준비가 더 필요할 거야. 그러니, 이번엔 여기서 마무리하고, 좀 더 쉬었다가 돌아오자고."

"네, 알겠습니다."

사실 나도 이런 결론이 나올 것을 어느 정도 예상했다. 아직 마음이 완전히 준비되지 않았다는 것을.

오늘 밤, 우리는 오랜만에 한자리에 모였다. 나, 그 녀석 그리고 내 동생까지. 우리 셋이 함께 술을 마시는 건 이번이 처음이었다. 어린 시절부터 꿈이었다, 성인이 된 우리가 한자리에 모여 술잔을 기울이며 미래를 이야기하는 것. 그 꿈이 오늘 이루어지리라고는 생각도 못 했다.

술잔을 기울이며 우리 셋은 어린 시절의 그늘을 벗어던진 채, 성인이 된 자신들을 마주했다. 술맛은 달았다고 하기보다는, 맛이 느껴지지 않았다. 동생은 여전히 술과 친하지 않았다. 그녀의 어설픈 술 마시는 모습에 가볍게 놀렸을 때, 그녀의 얼굴에 스치는 장난기가 보였다. 아직도 애 같은 모습이 역력했다. 아쉽게도 녀석 또한, 술이 잘 받지 않는 듯 보였다.

하지만, 그런데도 나는 마냥 즐거웠다. 우리가 어른이 되어 이렇게 함께 술잔을 기울일 수 있다는 사실 자체가 기적 같았다. 현실에서 행복을 느끼기 어려운 나에게, 오늘만큼은 행복해질 자격이 있는 듯했다. 그리고 어느 순간, 한 가지 소원이 내 마음속에서 자라났다. 그것은 우리 셋이 멀리 여행을 가는 것이었다. 우리만의 멋진 추억을 만들고 싶었다. '우리 다 같이 여행 가자 꼭.'

사건이 일어났다. 나는 그저 녀석에게 내 마음을 털어놓고 싶었을 뿐이었다. 하지만, 나도 모르는 사이에 그에게 깊은 상처를 남겼다. 내 부주의로 인해 소중한 친구마저 잃게 했다. 사과하고 싶었지만, 그와 마주하는 용기조차 남아있지 않았다. 무엇보다, 내 존재 이유를 찾지 못했다. 삶의 의미를 잃었다고 느꼈다. 죽어야겠다.

그는 과거에도 늘 특별한 조언을 해주곤 했다. "과거의 나는 최고의 선택을 했다." 그리고 원망 뒤에는 항상 원하는 것이 있다고 말했다. 지금까지 살면서 느꼈던 모든 원망을 털어내고, 이제 내가 원하는 것에 집중하기로 했다. 나는 오늘 죽기로 결심했다. 더 이상 살 이유가 존재하지 않았다.

동생에게는 미안한 마음뿐이었다. 하지만, 나 자신의 고통을 이기기엔 너무 힘들었다. 무책임하지만, 이기적일 필요가 있었다.

나는 삶의 끝을 선택하는 방법에 대해 고심했다. 내 마음에 쏙 드는 방법을 찾지 못했다. 나는 가능한 한 고통 없이 이 세상을 떠나고 싶었다. 그래서 조용히, 내 방에서 이 세상과 작별하기로 결심했다.

인터넷이나 마트에서 무엇을 살지 고민했지만, 마치 죽음을 광고하는 것 같아 다시 생각을 바꿨다. 대신, 내 방에 있는 커튼을 사용하기로 했다. 커튼을 돌돌 말아 목에 묶고, 책상에 올라서 몸을 맡길 생각이었다. 커튼이 생각보다 무게를 잘 견뎌주었고, 목에 두르는 느낌도 나쁘지 않았다. 죽기에는 이상적인 선택이었다.

그리고 원래 계획에는 없었지만, 유언장을 남기기로 마

음먹었다. 다른 누구에게는 모르더라도, 내 마음을 이해해 줄 한 사람이 있었으면 했다. 나는 동생이 아닌 그 녀석에게 유언장을 남기기로 했다. 동생에게 남긴다면, 그녀는 분명 편지만 부여잡고 온종일 울 것이다. 죽어서도 그런 시끄러운 모습을 상상하고 싶지 않았다. 그래서 그 녀석에게 내 마지막 마음을 전하기로 했다.

유언도 마쳤으니, 이제 나도 엄마 곁으로 갈 시간이다. 죽음이 나를 두렵게 하지 않았다. 그것이 엄마를 만날 수 있는 유일한 방법이었기 때문이다. 하지만, 죽음을 결심한 순간, 내 몸속 깊은 곳에서부터 격렬한 떨림이 일었다. 그 떨림은 멈추지 않고, 몸이 나에게 말하는 것 같았다. 살고 싶다고.

나는 허공에 말했다.

"나에게 살아야 할 이유가 여기에는 없어. 살려고 애쓰지 마라. 헛된 노력일 뿐이야. 나는 살 생각이 없어."

핸드폰이 끊임없이 울려대었지만, 나에게는 더 이상 중요하지 않았다. 모든 것이 부질없으니까.

살아간다는 것

내가 진심으로 교회 문을 두드린 건, 할머니의 치매 진단받은 후였다. 그 순간, 나는 자신에 대한 실망과 절망감에 잠겨, 의미 없는 날들을 보내왔다는 것을 깨달았다. 그래서 나는 변화하기로 결심했다. 내가 다시 한번 같은 기회를 얻을 수 있다면, 이번에는 분명히 할머니께 효도하겠다고 다짐했다. 할머니가 다시 건강을 찾을 수 있도록 간절히 기도하고, 소망했다.

할머니의 치매 증상이 점점 더 악화할수록, 나는 이 고통스러운 시련을 견디고 나면 결국 내가 간절히 바라던 소망이 실현될 것이라고 믿으며, 기도의 끈을 놓지 않았다. 하지만, 결국 할머니는 내가 바로 곁에 있음에도 나를 알아보지 못했고, 나를 찾으며 헤매셨다. 그 순간, 나는 더 이상 신을 믿지 않겠다고 다짐했다. 신이라는 존재가 있다면, 왜 내 진심 어린 기도조차 외면하는가. 하지만 지금, 쓰러진 그를 위해, 나는 다시 한번 진심으로 기도했다.

"제발 녀석은 돌려주세요."

녀석과 동생은 응급실로 급히 이송되었고, 나는 경찰과 함께 현장 조사를 진행했다. 경찰은 녀석이 커튼으로 목을 매 자살을 시도했을 가능성이 크다고 설명했다. 커튼이 점차 무게를 견디지 못하고 내려앉았다는 것이었다. 즉, 타살이 아니라 자살 시도로 보인다는 것이다. 그 순간, 경찰이 책상 위에 놓인 편지 하나를 발견하고는 그것을 나에게 건넸다. 내용을 확인해보니, 그것은 녀석이 남긴 마지막 메시지였다. 나와 관련된 내용이 담겨 있었기에 경찰도 나에게 주목한 듯했다. 나는 조심스럽게 편지를 펼쳐 읽기 시작했다.

못난 내 동생에게,

미안해. 오빠가 먼저 가게 됐어. 하나뿐인 내 동생, 너 혼자 남겨두고 가야 한다는 사실이 마음이 편치는 않아. 그렇지만, 오빠도 너무 힘들다. 이해해주라.

항상 공부 열심히 하고, 밥 잘 챙겨 먹어. 절대로 오빠나 엄마 따라오려고 하지 마. 여기 와도 환영받지 못할 테니까. 혹시나 힘든 일이 생기면 녀석에게 도움을 청해봐. 녀석이라면 널 잘 돌봐줄 거야. 더 쓰면 너무 슬퍼질 것 같아서 여기까지만 할게. 사랑한다, 내동생.

동생에게 남긴 편지였다. 하지만 편지는 뒷장에도 이어져 있었다.

안녕? 이렇게 글로나마 인사를 전하네. 우린 옛날부터 친구였지만, 이렇게 글로 마음을 전하는 건 처음이지? 먼저, 내 동생을 잘 부탁해. 나의 무책임함은 용서하지 말고, 내 동생을 잘 챙겨줬으면 좋겠어. 너만 믿어.

우리가 처음 만났던 그 오락실 기억나냐? 그때 정말 즐거웠어. 넌 왜 한 번을 안 져주냐? 그런 니가 치사하면서도 대단했어. 너한테 지는 모습이 아직도 꿈에 나온다? 신기하지?

사실 처음에는 니가 좀 모자란 아이인 줄 알았어. 하지만 너희 할머니를 만나고 나서 생각이 바뀌었지. 너희 할머니는 내가 만난 사람 중 가장 따뜻하고 미소가 아름다우신 분이셨어. 그런 할머니 밑에서 자란 니가 항상 부러웠어. 너의 따뜻함과 다정함이 어디서 왔는지 알 것 같았으니까.

너는 항상 밝고, 자신감이 넘쳤으며 자유로운 영혼을 가졌어. 마치 당장이라도 날개가 있다면 세상 어디든 날아갈 수 있을 것 같은 모습으로. 하지만, 사람들은 날개가 있다고 해도 바로 날 수 없을 거야. 처음엔 두려움에 망설이는 것이 당연하니까. 나 역시 마찬가지고.

이 편지를 읽는 너는 아마 내가 왜 이런 말을 하고, 왜 이런 선택을 했는지 이해하지 못할 거야.

너는 견뎠지만, 나는 이 현실과 이 인생이 너무 버거웠어. 그래서 너에게 부탁해. 나를 너무 원망하지 않았으면 좋겠어. 우리가 함께 자랐지만, 결국 우리는 서로 다른 길을 걷게 되었으니까.

너처럼 다시 일상으로 돌아갈 용기가 나에겐 없어. 이 결정에 이르기까지 수많은 고민과 눈물이 있었어. 그러니 내 선택을 이해해줬으면 좋겠어. 정말 미안해. 그리고 내가 빌린 돈은 내 보험금으로 해결해주라. 동생이 잘 알고 있을 거야.

솔직히 말하자면, 우리가 싸웠던 그날 내가 한 말 중 절반은 진심이었어. 하지만 그 모든 말들은 결국 네가 부러워서 나온 말이었지. 결국엔 자격지심이었나 봐. 너와 직접 대면해서 이야기할 용기가 없어서 이렇게 글로 남긴다. 미안하다, 친구야.

너는 언제나 나에게 존경의 대상이었고, 넌 항상 어른스러웠어. 친구라기보다는 늘 형 같았지.

아니, 이렇게 쓰고 보니 왜 이리 쑥스러운지 모르겠네? 편지 쓰는 게 이렇게 어색한 일인 줄 처음 알았어. 알았다면 처음부터 시작도 안 했을 텐데, 이제 그만할래.

추신. 장례식은 치르지 말고, 엄마와 같은 곳에 뿌려줘. 내 동생 좀 잘 부탁해. 그리고 늦었지만, 생일 축하해.

이기적인 녀석이라고 생각했다. 이것이 그가 남긴 마지막 메시지인가. 하지만 동시에, 미안한 마음이 가슴 깊이 자리잡고만 있었다. 나와 그토록 가까웠던 친구의 마음을 제대로 헤아리지 못한 자신에 대한 자책감이 커져만 갔다.

결국, 내가 보여준 무관심이 그를 절망의 길로 밀어붙였다는 생각에 괴로워졌다.

'미안하다. 제발 살아만 주라.'

말은 언제나 마음보다 한참이나 더뎠다.

옛날부터 그는 짧고 굵은 삶을 원했다. 그런 소리를 들을 때마다, 나는 말했다.

"그건 네가 결정할 수 있는 일이 아니야."

그러나 그는 항상 이렇게 대답했다.

"죽은 자는 살아날 수 없지만, 살아 있는 자는 죽을 수 있어. 이것이 바로 인간이 가진 권리이자 능력이야."

그때는 단지 어리석은 녀석이 어디선가 읽은 구절을 되풀이하는 것으로만 여겼다. 하지만 결국, 그는 자신이 말한 그 권리와 능력을 사용해, 어디에 있을지 모르는 신에게 도전장을 던졌다. 멍청한 놈.

의사는 생명에는 지장이 없지만, 언제 깨어날지는 예측할 수 없다고 말했다. 의사의 말은 항상 애매모호하게만 느껴졌다. 이미 알고 있는 사실을 당연하게 반복하는 것처럼 들렸지만, 그래도 전문가의 말은 언제나 중요하게 다가왔다. 신뢰할 수 있는 사람은 의사뿐이었다. 옆에서 울고 있는 동생을 바라보았다. 사실, 이 가족에서 가장 큰 피해를 본 사람은 그녀였다. 나는 그녀와 함께 그가 눈을 뜨기를 간절히 기도했다.

예전에 녀석이 나에게 물었다.

"너는 다시 태어난다면 부잣집 자식으로 태어날래? 아니면 지금처럼 평범하게 태어날래?"

녀석은 자기 생각을 먼저 밝혔다.

"나는 부잣집 자식으로 태어나고 싶어. 지금처럼 사는 건 안 봐도 뻔하잖아. 재미도 없고."

그의 답을 듣고 말했다.

"그럼 나도, 너희 가족도 다시 못 만나는데?"

녀석은 가볍게 웃으며 대답했다.

"무슨 소리야. 부자가 돼서 다시 나타날 거야."

하지만 나는 다른 생각이었다.

"나는 그냥 평범하게 살래."

"굳이? 왜?"

솔직히 말하자면, 나 역시 부자처럼 살아보고 싶다는 생각을 가끔 해왔다. 그러나 부자가 되는 삶에서는 우리 할머니도, 녀석도 존재하지 않았다. 그것은 전혀 다른 세계의 이야기였다. 나는 할머니와의 시간을 보내고, 녀석과 함께 성장한 그 과거를 결코 포기할 수 없었다. 그리고 그것을 잃고 싶지도 않았다. 부와 명예가 주는 삶보다는 특별하지 않고, 어떤 이들 눈에는 부족해 보일 수 있는 나의 평범한 삶이 나에게는 무엇보다도 소중했다.

"적당하잖아."

그가 깨어났을 때, 그의 첫 마디는 의외로 가볍고, 농담 섞인 말이었다.

"살았네?"

그의 목소리는 무거운 침묵을 깼다. 나는 그에게 대답하지 않고, 그가 남긴 편지의 내용을 읊기 시작했다.

"안녕, 이렇게 인사를…"

그러자 그는 다급히 나를 말렸다.

"야, 야, 야, 미안해. 그만해. 사과할게. 그거 이리 내봐."

그리고는 나는 장난스럽게 말했다.

"어서 와라, 동생. 여기가 천국이야."

녀석이 일어난 건 희소식이지만, 걱정은 마찬가지였다. 그중 가장 큰 걱정은 사건의 재발이었다. 두 번 다시는 겪고 싶지도, 일어나서도 안 될 일이었다. 이제는 나도 마음이 아닌 발로 뛰어야 할 차례였다. 하지만 그의 병실에 도착하고서 그 걱정은 무산되었다. 동생이랑 둘이서 여유롭게 과일이나 까먹고 있는 모습은 오기 전에 걱정했던 나 자신에게 창피하고 미안했다. 과연 과거의 내가 최선일까. 싶지만 역시 최선이었다. 나도 이제 그들의 세계에 참여하기로 했다. 둘은 부질없는 대화로 토론하고 있었다. 아무래도 잘못 들어온 듯했다. 녀석이 나에게 말했다.

"야, 너도 들어와. 지금 우리 중요한 토론 중이야. 너는, 이 세상에서 가장 맛있는 과일이 뭐라고 생각해?"

그의 목소리에는 예전과 같은 활기가 담겨 있었다. 나는 그들 사이에 자리를 잡고 앉았다. 동생은 자신이 생각하는 가장 맛있는 과일에 대해 열변을 토했고, 녀석도 자신만의 의견으로 맞섰다. 내가 말했다.

"죽 사 왔으니까. 잔말 말고 죽이나 먹어."

"그거 혹시 전복죽이냐?"

"아니 소고기 채소죽인데?"

"야. 야. 너는 아직도 내 취향도 모르냐? 나는 전복죽 아니면 안 먹잖아."

"잔말 말고 먹어라."

"죽다 살아난 사람한테 너무하네, 일단 줘봐."

그는 서서히 안정을 찾아가는 듯 보였다. 녀석을 보니 멍청하면 빨리 낫는 말이 완전히 틀린 말은 아니었다. 동생도 온종일 옆에서 그의 수발을 들어주었다. 역시 최대의 피해자는 그녀였다. 그런 그녀를 위해 집에 가서 쉬라고 권유했지만, 내 말은 듣지도 않았다. 하긴 마지막 남은 가족에게 그런 사고가 일어났으니 나 같아도 내가 직접 지켰을 것이다. 우리는 천천히 일상을 찾아갔다.

나는 사람들은 죽지 못해 살아가고 있다고 생각했었다. 하지만 내 생각은 틀렸었다. 사람들끼리 모여 소통하며 살아가는 세상에는 애당초 죽을 필요가 없었다. 세상에 죽고 싶은 사람이 많을지도 모른다. 하지만 언제나 나 자신이 죽을 필요는 없었다. 그것이 죽은 자들의 바람이었다. 그렇게 결국 우리는 살아갔다. 특별한 의미가 없어도 됐다. 그 무엇과 비교하더라도 죽을 필요는 없으니까.

겨울이 지나 다시 봄이 찾아왔다. 할머니가 돌아가신 지 1주기가 되는 날이었다. 우리 가족은 오랜만에 모여 할머니에게 인사를 올렸다. 다들 1년 전과는 달리 활기차 보였다. 오랜만에 모인 우리 가족은 그저 애틋하고, 정겨웠다. 가족이 있음에 감사했다. 아빠가 말했다.

"오랜만에 다들 모였는데, 저번에 갔던 거기 가서 밥이나 먹고 가자 거기 괜찮았잖아?"

고모들과 나는 기겁했다. 하지만 나는 그런 아빠의 모습을 보며 혼자 생각했다.

'어찌 사람이 저렇게 한결같냐.'

나는 1년 전과 같이 순두부를 시켜 먹었다. 이곳에서만큼은 나는 자존심을 지켜야 했으니까. 만약 내년에도 모여, 이곳에서 밥을 먹는다면 그때도 순두부를 먹겠노라. 다짐했다. 어쩌면 이것 또한 할머니와 약속이 되어버렸다.

식사를 모두 마치고, 나는 하늘을 바라보며 지금의 우리를 모이게 도와주신 할머니에게 감사 인사를 올렸다.

"할머니, 우리는 잘 지내."

하늘은 그 무엇보다도 따뜻한 미소를 나에게 건넸다.

오랜만에 만난 그가 나에게 말했다.

"나 결심했어. 원양어선 타려고."

"뭐?"

그는 갑자기 원양어선에 취업했다고 한다. 솔직히 어이가 없어서 웃음이 나왔지만, 녀석의 진지한 표정을 보니 진심이었다.

"아는 사람이 원양어선 일하고 있거든. 다음 활동기에 나를 승선시켜준대."

"그렇구나…?"

내 주변에서 원양어선에 직접 타는 사람은 녀석이 처음이라서 그런지 신기했다. 아는 지인이 자리를 마련해주었다고 한다. 대체 어떤 지인인지 궁금해서 물어보고 싶었지만, 지나친 간섭이기에 물어보지는 않았다.

"이번 기회에 알았어. 역시 부자가 돼야 해. 내가 부자가 돼서 돌아올 테니까 기다리고 있어!"

"응…"

그의 말에 역시 웃음이 나왔지만, 진지한 모습이었다. 그래서 그런지 더 크게 웃었을지도 모른다. 그의 동생은 간호학과 전과를 준비하고 있다고 한다. 녀석을 간호하면서 보람을 느꼈다고 말했다. 천직이 너를 먹고 살릴 수는 없다고 말해주고 싶었지만, 미래의 꿈나무를 깎아내릴 수는 없었다. 그리고 그런 건 누가 말해주는 것보다도 직접 몸으로 겪어봐야지 와닿았다. 인생은 백문이 불여일견이니까. 엉뚱한 건 그녀도 역시 그와 닮았었다.

그리고 나는 세계여행을 결심했다. 지금 사는 인생이 답답하고, 따분하며, 틀에 박힌 삶이라고 느껴졌기 때문이다. 그리고 왠지 평생을 이루지 못한 무언가를 그곳에서 찾을 수 있을 거 같다는 예감이 크게 들었다. 언제 돌아올지는 모르지만(돈이 없으면 알아서 돌아오겠지…) 세계 각국에 있는 사람들과 만나보고 싶어졌다. 각지를 돌아다니며 탄생과 죽음을 마주하며 나아가는 것. 이번 여행의 목표였다. 하지만 가장 큰 문제는 혼자 남는 여자 친구였다. 나는 여자 친구를 만나 내 꿈을 전부 이야기해 주었다.

"헤어지자는 거지? 너는 무슨 헤어지자는 말을 돌려서 말하냐. 사람 기분 짜증 나게."

"아니라니까. 내 꿈이고, 소원이야."

"그럼 언제 오는 건데?"

"그건 아직 정하지 않았어. 앞으로도 안 정할 거고."

"헤어지자는 거네. 헤어지자는 거야. 나 먼저 일어날게."

일어난 그녀를 붙잡고 말했다.

"아니라고. 제발 믿어줘."

나는 그녀에게 내 진심이 전달되기를 바랐다.

"나도 기다리는 데 한계가 있어."

"그 전에 꼭 돌아올게."

"혹시라도 나중에 찾아왔다가 다른 남자 생겨있어도 내 탓 하지 마. 알겠지?"

표현이 서툰 그녀다웠다.

"탓 안 해. 근데 이것만은 알아둬. 니가 끝까지 나를 기다려준다면."

"준다면?"

"그때는 같이 살아야지. 뭐 어쩔 수 있냐."

"진짜 짜증 나."

그렇게 우리는 서로 끌어안으며 한국에서의 마지막 인사를 나눴다.

지난 1년간 많은 일들이 있었다. 나의 소중한 사람들이 죽었고, 누군가는 죽음의 문턱까지 갔었다. 결국 삶과 죽음은 한 끗 차이였다. 언젠가는 나도 신의 장난에 대상이 될지도 모른다. 그때가 되면 내가 죽을지. 살지. 아무도 모른다. 하지만 나는 이제야 깨달았다. 신도 결국 결과를 모른다는 것을. 우리가 신을 이길 수는 없지만, 신도 우리를 이길 수는 없었다. 신은 멀리 있는 존재가 아니었다. 나의 친구이자 동료이자 가족이었다. 나도 신이 될 수도 있었고, 신도 내가 될 수 있었다. 우리는 신을 가까이 마주해야 할 필요가 있었다. 할머니에 대한 나의 마지막 사랑은 끝인 줄 알았지만, 죽음으로서 영원해졌다.

유에서 무가 되는 인생이지만, 무에서 유가 되는 세상이었다.

죽음은 마지막이고 무의미하다고도 말할 수도 있지만, 살아있는 우리에게는 시작이고, 도전이자 그것마저 사랑이었다. 그렇기에 우리는 기억해야만 한다. 우리가 살아가면서 일어나는 모든 일들은 결국 사랑에서 비롯된다는 것을. 내 인생의 연습은 모두 끝났다. 이제부터는 실전이다. 어쩔 수 없이 떠나야 할 시간이 다가왔다. 다시 돌아올 때까지 안녕하길…

에필로그 1

"야, 내가 이 게임 이어도 되냐?"

생전 처음 보는 녀석이 다가와 나에게 말을 걸었다.

"그러든지."

"야, 한 번만 져주라 제발. 나 이거 마지막 돈이야…"

나는 처음 보는 이 녀석에게 져줄 이유가 없었다.

"너무하네, 하지만 마음에 들어. 너 몇 살이냐?"

"5살."

"나랑 동갑이네? 너 우리 집 안 올래? 저번 주에 이사해서 좋아!"

나는 녀석의 필사적인 모습에 못 이기는 척 따라가 주기로 했다.

녀석은 집에 도착해, 어느 여성에게 안겼다.

"엄마!"

"어서 오렴."

"새 친구가 생겼어! 너도 빨리 와서 인사해!"

수수하고 맑은 분이라는 생각이 들었다. 그리고 이쁘셨

다. 여성이 먼저 나에게 말을 걸었다.

"안녕? 너는 이름이 뭐니."

"태규예요. 남태규."

"어머 우리 애랑 이름이 비슷하구나?"

여성이 내 머리를 쓰다듬어 주면서 이야기했다.

"앞으로 둘이 친하게 지내렴."

그 손길은 한없이 따뜻하고, 부드러운 어머니의 손길이었다.

"네, 그럴게요."

에필로그 2

오랜만이야, 할머니. 요즘은 어떻게 지내? 세월이 좀 흘렀지?. 내 얼굴이 조금 상했다고? 먹고 싶은 것 좀 참으면서 살기는 했어. 왜 이렇게 안 왔냐고? 나도 사느라 바빠. 긴 여행으로 많은 것을 배우고 왔어. 결론은 삶과 죽음은 공존하고 늘 우리 곁에 함께한다는 거야. 그리고 끊임없이 반복되고, 이어진다는 거야. 조금 어렵다고? 아니야 생각보다 단순하고 당연한 소리야. 나는 이 당연한 소리를 이제 와 배웠어. 나도 아직 어린가 봐, 할머니. 앞으로도 자주 못 와. 할머니. 그러니까 서운해하지 마. 미리 말해두는 거야. 그래도 종종 올게. 다음에 올 때는 색시랑 같이 올지 몰라. 생각보다 많이 못생겼지만, 요리는 할머니보다 잘해. 조금 긴장 좀 하셔야겠어. 이만 가볼게. 이 아래 가게에 순두부를 미리 주문해두고 왔단 말이야. 식기 전에 먹어야지. 다음에 또 올게. 안녕.

에필로그 3

"야, 너 장난하냐. 나는 뭐 한두 달 정도 갔다 오는 줄 알았지. 근데 무슨 1년을 갔다 오냐?"

"미안해"

"미안하다면 다야, 어? 연락이라도 제때 하던가, 연락도 안 하면서."

"미안해."

"미안하다면 나보고 어쩌라고."

나는 그녀를 끌어안으며 이야기했다

"뭘 어째 그냥 이렇게 있으면 되지. 내가 가기 전에 한 말 기억나?"

"다른 남자 생긴 거?"

"아니, 너 다른 남자 지금 없잖아. 귀국하는 길에 SNS로 다 확인했어. 그다음 말이야."

"같이. 살자는 거?"

"응 그래 그거. 아직 유효하지?"

"그걸 왜 나한테 물어?

나는 말을 이었다.

"이번 여행으로 돈을 다 써버렸거든. 아무래도 니가 날 먹여 살…"

말이 끝나기도 전에 그녀가 말했다.

"헤어져."

"야, 야, 기다려 같이 가."

에필로그 4

오랜만에 오는 서울은 여전했다. 여전히 건물들은 높았고, 여전히 사람들은 앞만 보며 빠르게 걸어 다녔다. 사색에 잠긴 채, 카페 야외 테라스에 앉아 지나가는 사람들을 구경했다. 무엇을 구경했는지도 잘 모르겠다. 그저 멍때렸다. 멍때리는 것도 잠시, 드디어 내가 기다리던 사람의 모습이 보이기 시작했다. 나는 반가운 마음에 녀석에게 말했다.

"호칭을 생각해봤는데, 바다의 왕자가 좋냐. 부자의 탄생이 좋냐?" 그가 답했다.

"바다의 거지. 부자가 쉬운 일이 아니야."

에필로그 5

초인종이 눌렸다.

"누구세요?"

"여기가 남태규네 집 맞아요?"

"그런데, 우리 아가씨는 누구실까?"

"저는 같은 반 친구 주세희라고 합니다. 혹시 남태규 있나요?"

"지금은 학원 가서 없는데, 어떡하지?"

"그럼 이것 좀 전해주세요. 가정통신문을 안 가져갔어요."

"그래? 착하기도 하구나."

여자아이는 살짝 머뭇거리며 말했다.

"혹시 남태규 할머니세요?"

"그런데?"

"남태규는 아빠가 좋아, 엄마가 좋아. 물어보면 할머니라고 해요. 그래서 궁금해서 물어봤어요."

"그러니? 그럼 앞으로도 세희가 친하게 지내주렴."

"네, 그럴게요."

내 인생, 내 세상

여태규 지음

발행처 도서출판 청어
발행인 이영철
영업 이동호
홍보 천성래
기획 남기환
편집 이설빈
디자인 이수빈 | 김영은
제작이사 공병한
인쇄 두리터

등록 1999년 5월 3일
(제321-3210000251001999000063호)

1판 1쇄 발행 2024년 4월 30일

주소 서울특별시 서초구 남부순환로 364길 8-15 동일빌딩 2층
대표전화 02-586-0477
팩시밀리 0303-0942-0478
홈페이지 www.chungeobook.com
E-mail ppi20@hanmail.net

ISBN 979-11-6855-175-2(03810)